唱情歌

饶雪漫 作品

山東文藝出版社

果麦文化 出品 | GUOMAI

我们并没有分开，因为我说再见的时候你听不见

♪

目录

CONTENTS

唱情歌

上集：你给我的爱像一趟慢火车

（1）

半张凌乱的草稿纸，一瓶冰淇淋味道的营养快线，两首梁静茹的新歌，三四张空白的考试卷，七条未发出的短信。

这些是我，在高三某个周末的夜晚所有的关键词。

脾气越来越大，记性越来越坏，痘痘越长越多，心事越变越杂，梦想越来越远。

总的说来，那个时候的我，生活像一摊死水，乏善可陈。

我不在乎自己不好，可我老担心别人觉得我不好。在我的字典里，那个叫“自信”的词游离不定，一会儿待在首页，一会儿又被无情地删除。

压力最大的时候我曾想过消失，到一个没人认识我的地方，随便做点啥都好。只要可以逃离考试和所有的不快乐。

当然这些都是想想而已。

我仍然每天乖乖读书，三点一线，奋不顾身，浑然忘我，孜孜不倦。尽管在高一下学期我就明白了，在强手如云的天中，想要出人头地，简直比中头彩还要难。

但再苦再累也得拼，这一切只因为我太想到北京去读大学。

差点忘了自我介绍，我小时候叫秦苏，我爸姓秦，我妈姓苏，很没创意的一个名字。后来因为身体一直不好，三天两头进医院，算命先生说我五行缺水，我妈就给我改了个名，叫秦淼淼。

但方蹭蹭说我缺心眼，应该改名叫秦蕊蕊。

我的同桌方蹭蹭不瞎说就会死掉，我原谅她。当然方蹭蹭不是她的原名，她原名叫方俏俏。因擅长蹭吃蹭喝蹭牙膏蹭草稿纸甚至蹭卫生巾而得此大名。奇怪的是，这个贱人喜欢死了自己这个外号，书上、本子上甚至饭卡上签名都签得堂而皇之龙飞凤舞，生怕别人不了解她这一项特殊技能。

虽然我们还算好朋友，虽然我们偶尔也交换秘密，但我一直没告诉她，我也有一个我自己很喜欢的外号：小秒针。

全世界，只有你叫我小秒针。

小秒针，小秒针，每次听到你这么叫，我就对自己说：死掉算了。

如果哪天我们不在一起了，真的，死掉算了。

（2）

七条没发出的短信，当然是给你的。

第一条：数学只考了六十七，沮丧。

第二条：去听一听梁静茹的新歌哦，我觉得每一句都是我唱给你的。

第三条：我不是美女，我没有钱。但也不要做你的朱丽倩。

第四条：我在食堂吃饭，你呢？不要为了帅光顾着减肥，一定要按时吃饭，照顾好自己的胃哦。

第五条：我想你了。

第六条：你想我吗？

第七条：我学会了做栗子蛋糕。如果我考不上大学，你会不会养我？不过就算你不肯养我，我也一定做栗子蛋糕给你吃。

这些短信委屈地躺在我手机的发件箱里，发不出去的原因很简单——手机欠费。

这个月的短信真的发得太多了。我银行卡没钱了，支付宝没钱了。就算我省下生活费，学校小店的充值卡也卖光了，老板娘说，周三才能来货。

我宿命地想：这样和你失去联系，是命中注定的吧。

只是我不能确定，没有我的消息，你会不会牵挂我。

还是你和我一样，已经习惯了每晚这时的问候，如果收不到，会睡不着，收到了，才会捏着手机安然入眠呢。

虽然你回答“是”的可能性近乎百分之零点零一，但请允许一个临近高考的女生弱智一点，天真一些吧。

今天阳光很好，空气很稀薄。我在公用电话前站了很久，还是没有给你打电话，因为我怕你忙，我怕你会不接，我怕你如果不接或者匆忙地挂掉，我会悲伤地当众哭出来。

关于我们的一切，我总是那样地没有把握。

我甚至做过一件最弱智最天真的事，就是在没人的地方扯光了一根树枝上所有的叶子，只想验证你到底是爱我还是不爱我。

爱我，不爱我。爱我，不爱我。爱我，不爱我。爱我，不爱我。

这背地里无聊的游戏，我玩得不亦乐乎，当面却连问你的勇气都没有。

（3）

回想上一次见面，还是在两个月前吧。

大年初二，我们两家聚会。一屋子的人，你一直在房间里讲电话，直到吃饭的时候才出来。我旁边的位子是空的，你坐下来，夹了一个可乐鸡翅给我，责备地说：“瘦得不像话了，要多吃点。”

你妈妈立刻喊道：“看看你自己，一把排骨！还好意思说人家淼淼。”

我妈妈就笑着说：“那能一样吗？咱尚弼是靠这张脸吃饭的，他要是胖了，公司和经纪人也不会答应的啊。”

“纠正一下，我不靠脸，靠歌喉哈。”你看我一眼，咧嘴一笑，夹一大口菜放进嘴里。

那顿饭大家一直在聊你，聊你的演艺事业，你给你爸买的新车，还有你们家计划中的别墅，大家都说，从来没想过家里会出一个明星。是的，明星。拥有万千的粉丝，走到哪里都有人尖叫，每日可挣得一大桶金。

两年前因为你执意要去参加那场选秀而哭得快断气的你的妈妈，此时此刻眉飞色舞妙语连珠。过去那些所有的不快乐，都被你今日的光芒统统掩盖，从此十全十美万事妥帖。

你爸提醒你："尚弼，我对你唯一的要求就是不要去惹娱乐圈那些乱七八糟的事，不要让我看见关于你的任何绯闻！"

你妈护着你："那些都是炒作！"

"我不会的。"你保证说，"我就想把歌唱好。"说完你飞快地看了我一眼，这才转过头看你妈。我真怕我脸红穿帮，只好跑去洗手间。

还记得你哭着对我说："我太爱唱歌了，不到最后关头，我绝不轻易放弃。"

还记得去上海参加选秀的路费，是我拿了我平时攒下的零花钱，专程跑到南京，偷偷塞到你手里。

还记得送你到人来人往的火车站，你俯下身，吻了我的额头，对哭得像泪人儿一样的我发誓："小秒针，我一定不会让你失望！"

还记得你进入前十的那一晚，我跪在阳台上，点亮蜡烛，虔诚地替你许愿。

还记得你夺冠的那一夜，我们两家一行六人组成的亲友团开赴上海，我却紧张到只敢待在宾馆里看直播。

往事历历在目，我发誓我从来都没有忘记过。

你也一样深深记得，我相信的呢。

那天吃过饭，趁大人们聊天打牌，我们来到你的房间。

你送给我你刚出的迷你专辑，封套上的你真好看，我因激动紧张而词穷，没法形容，反正就是好看死了。我盯着看了半天，然后笑着要你签名，你重重地打了一下我的头说："找死啊！"

我要闪，你却伸出胳膊轻轻地揽住了我，轻声问我："小秒针，你好不好？"

"好啊好啊，很好啊。"我把头点得像小鸡啄米。

其实我撒了谎，当我的尚弼变成很多很多人的尚弼后，我一直就没有好过。

（4）

尚弼，今天下午我逃课了，你一定猜不出我去了哪里。

我去了我们老家后面的那个小公园。

那年夏天，我刚考上天中，而你高考失利，只考上了南京的一所大专。偏偏坏事成双，你妈妈被检查出得了子宫癌，你爸爸陪她到上海治病，你只能寄居在我家里。那时候你成天不说话，戴着耳机闭着眼睛听音乐。我好不容易给你买到了你最喜欢的达明一派的旧 CD，里面有你找了很久的歌《十个救火的少年》。你却随手把它插在一叠卫生纸里，说你有空再听。

某个黄昏你从家里走出去，什么话都不肯对我讲。

等我找到你的时候，发现你在小公园的池塘边蹲着，身边是一些散乱的酒瓶。

天好暗好暗了，像块黑海绵，还在不停地把光吸到另一个世界去。我带着恐惧的心情拖了你半天，你都一动不动。我真怕你想不开，一头栽到池塘里去，只能从后面紧紧地抱住你。

不知道是不是天气太热的缘故，你的身体烫得像块被煮过的石头，可我却一点也不想松开，满头大汗也不想。

“我好饿。”你气若游丝地说，“我想吃我妈做的栗子蛋糕。”

你喝得太多了，我不敢把你带回家。我松开手，蹲在你旁边，把那些鲜绿色的酒瓶排成一个圆圈，一个微笑的嘴角。你没空欣赏我的艺术天赋，而是忙着把酒瓶一个一个丢进池子里，可它们却并不沉下去，泊在水面上静静地呼吸，像偷窥着什么似的。

你捡了一根树枝伸进一只酒瓶的瓶口里说：“你说这里面有没有鱼？”

“池里应该有，可瓶子里怎么会有呢？”我认真地回答你的傻问题。

“不知道鱼怎么接吻？”你好像在自言自语。

我来不及去思考这个对我而言很有尺度的问题时，你已经凑过来，吻了我。其实在这之前，我不是没有思考过关于“初吻”这个问题，但它真正发生的时候，却跟我想象中有着千差万别。

尚弼，不那么美好的。

所以，不好意思，直到今天我还在为此感到遗憾。

我总是不止一次地去猜想，如果那天你没有喝酒，会不会让那一次稍许美好一些呢？

不过如果你真的没有喝酒，你还会不会用力地抱着我问：“小秒针，万一我没有妈妈了，你做我妈妈好不好？”

你还会不会用唇反反复复碰触我脸颊，反反复复求我：“小秒针，你不要离开我。”

这些事，后来我们从来都没有再提起过。

我曾经跑到“百度知道”去问过一个比你那个关于鱼的傻问题还要傻的问题：人会不会记得自己喝醉后说过的话或做过的事？

答案自然毫无意义，因为有人说会，有人说不会。

方蹭蹭朝着我大吼说：“白痴，你不能当面问那个王八蛋吗？”

她只知道我讲的是初吻，但不知道我讲的那个人是你。

她要知道她会疯的。

你是方蹭蹭的偶像，她整天以和你是校友为荣。

她说她存够了钱，就穿着天中的校服去北京看你的演唱会找你签名。

她还问我去不去。

尚弼，你说我是去还是不去呢？

（5）

那天晚上，在学校餐厅吃饭。

很巧，那个悬挂着的液晶电视上正在放你的采访。食堂里很吵，电视声音也很小，我坐得很近也听不清你在说什么，于是只能看字幕。

那个主持人问的全是弱智问题。

你觉得自己红了吗?

你答：还行。

现在敢独自去超市或者逛街吗?

你答：有什么不敢?

那除了唱歌，你平时还喜欢做什么?

你想了一下说：游泳。

我什么都吃不下了，端起饭盒就跑了出去。

黄昏的天变成了软软的奇怪的蓝色，哦不对，又好像是红色，要不就是紫色，反正肯定不是黑色。

我愿意甜蜜地相信，你这个答案是为了我。

为了我为了我为了我!

还是那个夏天吧，我们常去你爸工作的市里唯一的五星级宾馆游泳。我们通常是在早上去，不知道是不是住宾馆的人都喜欢睡懒觉。有时候整整一个上午，池子里除了我们俩，一个人也没有。室内游泳池的光线、温度、气氛以及我菜鸟级别的游泳技术，都是滋生暧昧的温床。直至今日，我仍记得你双手放在我腰间的安全感。渐渐地，当初那个一碰到水就惊慌失措的我终于学会了扶着你的肩膀慢慢向前游去，闭着眼睛，借助水的浮力，幻想自己在飞。

你却忽然游得很慢，渐渐不游动了。我以为时间停止了，疑惑地睁开眼，就在这时你忽然转身过来，我双手扑空，按进水里，惊慌失措地扑打着水花，整个人失去了平衡。

你忽然抓着我的胳膊，我划动双脚，竭力保持着上身直立，却抖动得像油锅里的一颗水滴。

你说："到天中不许谈恋爱，听到没有？"

"偏谈！"我明明高兴坏了，却看着徐徐而过的水波犯扭捏病。

你生气，猛地推开我，我就整个人沉到水里去。可我真的一点儿也不怕，我知道你一定会救我，你怎么舍得让我死？

你果然用力一把捞起我来，看我像个傻子一样被水呛得不轻还咯咯咯笑个不停。

等我终于笑够了，停下来，看着你，你也看着我。天就要塌了，你却忽然从池子边找到你的绿色人字拖，把它顶在头上一边做鬼脸一边对我说："我可不想有朝一日戴上这种颜色的帽子。"

说完，你扔掉拖鞋就往池子的那一头飞快地游去。

你真傻，我才不会去追打你。

天秤座的女生，其实是最自卑的。原地守候，才是我的特长哦。

游完泳我们一起走回家。太阳像烧着的棉花糖，自以为很嚣张，其实除了会让人不断涌出潮湿的汗水，它也就是一个摆设而已。路边哈根达斯的冰淇淋店里的玻璃门上贴了张很大的海报，上面写着那句众所周知的飞扬跋扈的宣言:“爱她,就给她买哈根达斯。”

你给我买了，曲奇香奶脆皮。

我大概是因为觉得很贵，吃它的时候眼泪汪汪外加心痛心酸心神不宁。

那是你住在我家的最后一天，第二天，你就要去南京了。那晚你偷偷溜到我房间，你躺在床上，你把光秃秃的脚丫子搁在我的床板上，递给我一个耳塞。房间里开着空调，但我能感觉到你的身体轻轻贴着我的高温，那块烫石头又在作怪，快把我整个人烧起来了。耳边陈奕迅在唱：“谁管他红不红，他知道自己有用，谁管他穷不穷，到底他的过去他的未来成功不成功，没人懂……管他头痛不头痛，有人这样努力，我只觉得光荣……”

后来的日子，当我无数次独自重听这首《谢谢侬》，才明白那时候的我，自以为对你了如指掌，其实根本不懂得你的理想。

（6）

自从你读大学后，除了过年过节，我们见面的机会就越来越少了。

为了庆祝你妈妈手术成功，我们两家还一起去天目湖玩过一次。但是唯独没有你，他们说，你要忙什么大学生艺术节，没空。

我在天目湖钓鱼，一条也没钓到，气得我踩坏了鱼竿，害我妈赔了人家一百块钱。吃饭的时候他们都在批我，我妈还说什么女大不中用，越养越怪物，我就摔了碗筷跑出去了。其实我只是想找一个哭的理由，好证明我并不是那么地在乎你。虽然你发短信跟我表示了遗憾，虽然我知道你是真的很忙。

我做了我认为最邪恶的一件事——给你发了一条彩信。

是我刚哭过时的样子。我特意选了一个完美的角度，可以让我的下巴看上去稍微尖一些。

我的鼻子有点红，眼神足够楚楚可怜。

男生应该都对哭过的女生没什么抵抗力吧？我怀着对自己邪恶念头的谴责发出了这条彩信。

可是你没有回音。

这让我更加痛苦了，真是自作自受。

那时候我常常去你们学校的论坛。因为那里面有好多关于你的消息，不管是真是假，它们对我而言都很珍贵。

经管系有个叫尚弼的男生是中韩混血儿，酷得人神共愤。

尚弼参加校园歌手大赛，唱的是苏打绿的《小情歌》，拿了第一。

号外，号外，尚弼和新晋广告模特儿刘采采恋爱了。

惊天大秘密，尚弼喜欢的原来是男人哦。

尚弼这个星期穿的白色衬衫是美术系的系花郑卫卫给他买的。阿玛尼，价值3800。

尚弼喜欢吃甜食，最钟爱栗子蛋糕，钟爱绿色，口头禅是："还行。"

……

当然不会有一条信息与我有关。

那时候每个周末我们都会通电话，虽然通话时间一次比一次短，但我亦很满足。

有一次，我鼓起勇气用开玩笑的口吻跟你说刘采采不漂亮，还没气质。

你却问我谁是刘采采。

我说苏打绿的《小情歌》歌词写得真好，听得我都快哭了。

你漫不经心地说还行吧。

我问你男生穿白色衬衫好不好看。

你回答我那是装样。

我百无聊赖翻看手机，不小心又看到之前自己傻兮兮的那张快哭的彩信照，恨不得把手机摔碎。

那是怎样一张丑陋的脸啊，丑，丑死了，丑得无与伦比，丑得难以相信，特别，是和我下载了刘采采的照片对比之后。

我的本来就少得可怜的自尊心被该死的天中磨得只余百分之十，然后这最后的百分之十在你那里又被打得落花流水。

方蹭蹭整天要给我介绍男朋友，高二的，外校的，跟她住一个小区的。就是为了蹭我的秘密，想知道我心里装着的到底是谁。要不就再逼我玩无聊的真心话大冒险，我统统拒绝了。

其实我忍得很辛苦的，哪个女生不要面子不喜欢吹牛呢。但你现在是名人了，我必须学会尊重你的隐私，更何况是在你的歌迷面前呢。你说对不对？

更重要的是，我都没有任何把握。

爱情是很难解的谜，十七岁的爱情更是这样的吧。

我头都想破了，还是不知道，我到底算不算你的女朋友呢？

有个也在南京读大学的大二的男生只是跟方蹭蹭见过几次面，就在手机里把她的名字存成“老婆”了，我却一直是你手机里安安静静的小秒针。

真纠结。

（7）

终于还是买了卡，续了费，开了机。

如我所料，没有你的任何消息。

面对毫无反应的手机，我的心忽然像被伸进了好多只可恶的机械手，不停地往外掏东西。本来已经空空如也了，它们还拼命继续掏，弄得我血肉模糊，真没同情心。

偏偏方蹭蹭在蹭完我本要拿来当作午饭的方便面和黑咖啡后，还突发奇想死盯着我的脸问我：“秦淼淼，有没人说过你很有明星相呢？”

就算她吃了我的嘴软，马屁也拍得很不是时候。

要知道此时此刻，“明星”两个字就是我的心头刺眼里沙！

所以我很丢脸地趴在那里哭了。

方蹭蹭可能被我吓到了，她赶紧说：“你别哭了，大不了我晚上请你吃面。”高中三年了，方蹭蹭吃过很多人的东西，但从来没有任何人吃过方蹭蹭的任何东西。这是一件多么难得的事啊，可是我内心本该因此而生起的无比骄傲和自豪却被因你漠视而产生的滔滔伤心统统淹没了。

“天中就是出明星的地方。”方蹭蹭还在自言自语，“当年的蒋雅希，现在的尚弼，不红则已，一红就红得要死。对了，网上说尚弼恋爱了，女朋友就是那个拍豆沙包广告的刘采采哦，一张大饼脸！不过听说她爸是开矿的，狂有钱。不过也不知道是不是真的。”

“当然不是。”我停止了哭泣脱口而出。

“哦，不是。”方蹭蹭今天一定是病了，因为她一反常态不和我争个你死我活，反而出奇地迁就我。

我谎称肚子疼，拿了卫生纸就往教室外面跑。我跑到小操场的角落，蹲下来，用颤抖的手指给你打电话。

你很快接了，我还没说话，你劈头盖脸就问我复习得怎么样，这次月考考了多少分。

我气若游丝地说我考不上了。

你哈哈笑着说：“又犯病了。”

“为什么不给我发短信？”我问你。

“发了好多条，你都没回。”你说，“打你电话停机，才知道你收不到短信。我正让助理赶紧去给你充个值呢。”

“怎么，手机停机是收不到短信的吗？”我问。

“念书念傻了。”你骂。

这下我转悲为喜，问你我要是考不上大学可不可以到北京去给你当助理。

你叹口气说：“你那么迷糊，我给你当助理还差不多。”

“算了，”我叹气说，“我可不想被你的粉丝踩死。”

“他们不敢。”你说。

“为什么？”我明知故问。

“自己想呗。”

“我那天在电视上看到你了，你新歌 MV 的女主角，听说她家很有钱啊？”

“你关心这些八卦作甚，给我好好读书！”

娱乐圈真是让你学会了圆滑。那天你始终没有正面回答我一个问题，不过挂电话的时候你跟我说：考上给你买个香奈儿的包。考不上打你 PP。

就凭着这句话，我每晚复习到凌晨依然目光炯炯。

我的心情好多了，方蹭蹭却出了事，她偷了她妈替她存了好多年的她的一万多块压岁钱给那个叫她“老婆”的大二男生炒股，结果被她妈发现的时候男生赔得只剩一千多块了。

方蹭蹭一把鼻涕一把泪地跟我说：“他说炒股赚了钱，带我去海南旅游的。”

难道她真的不知道一万多块够她海南豪华游两个来回了吗？

你看你看，就连这么小气的方蹭蹭都上了当受了骗，爱情把一个女人的智商变成零，这话看来一点都不假。

可话又说回来了，我也愿意为你智商变为零，所以你说什么，我都相信。

因为相信，所以每一天都变得美好，且回味悠长。

（8）

那个四月，关于你和富家女的绯闻开始越传越广。

娱乐版头条有你们的新闻，狗仔队拍的，你们戴的是情侣帽、情侣眼镜，出现在北京某高档小区的门口，你嘴角带笑，牵着她的手，两人低头前行。

金童玉女，路人侧目。

标题是：尚弼刘采采深夜浪漫约会。

主要内容如下：据知情人爆料，刘采采是尚弼的初恋，两人在大学时已经认识。刘采采为富豪千金，出道又早。出身贫寒的尚弼因为自卑，多次和她分手。如今尚弼红得如日中天，两人复合顺理成章。更有秘密消息称，尚弼第一部电影，就是由刘父投资。两人共同主演，目前已经进入倒计时阶段。

报上看不清楚她的脸，只能看到她尖尖的骄傲的下巴。

同时还在热播的有你们的一个冰淇淋广告，那个广告我只看过一次，你和她在水里嬉戏，你们贴得那么近，笑容那么甜，造型那么配，爱情那么美。

原来你说喜欢游泳，是这么一回事。

原来爱情对我，从来都是自说自话的荒唐游戏。

我陷入前所未有的感情危机。用一个拙劣的比喻，就好比我有一百万存在银行里，我自己用不了没有关系，但如果别人把它给取出来用了，我心理上绝对接受不了。

方蹭蹭那阵子也着了魔，有空就盯着一棵树看，还喃喃自语。据说这是练气场，她告诉我，如果有朝一日能看到树在空气里剧烈抖动，冒烟，你就成仙了。之后无论和谁对决，都必胜无疑。她还没事就研究星象，说什么金星逆行会导致感情出问题，分手的一对接一对，像中了邪。

我问方蹭蹭："你都跟树说些啥呢？"

她答我："爱啥啥，比如你吃了吗？"

我再问她："那金星逆行的时候会不会也有人热恋呢？"

她说："有，但那种人气场大，影响不了他们。"

我看她才是中邪了，不过我好同情她。当然我也同情我自己。我俩前面是穷凶极恶的高考，后面是一败涂地的爱情，一不小心就会死得很难看。

黄昏的时候我和方蹭蹭跑到女生宿舍的楼顶坐着，背对背读英语。这里是我和方蹭蹭偶尔发现的好地方，爬上来其实是有点危险的，所以基本上没人来。从楼顶上看下去，差不多可以看到整个天中的全貌。

我问方蹭蹭这里看上去像不像一所监狱，她伸长手臂对着天空狂呼：“老子在这里关了三年！要解放啦！”

还有一次也是在这里，方蹭蹭跟我说：“要是考不上，我就从这里跳下去。我不自己跳，我把那个骗子绑起来跟我一起跳。”

“那不是两败俱伤吗？”我说，“换成是我，我就直接把他推下去。”

“你强。”方蹭蹭说，“我毒不过你。”

其实我也就是快活快活嘴皮子，自从你和别人恋爱以后，我连短信都给你少发了。我早就知道我们之间有了距离，就算我为这份距离心碎至极，我也要做我的宇宙无敌超级勇气少女，不可以输得没骨气。

失恋无罪，谁叫金星它没事就逆行。

（9）

五一本来有三天假，我们高三只放一天。我回到家里的时候，爸妈就叫我换件衣裳赶紧出发，说你到南京做宣传顺道回家，要请我们吃饭。

我的扭捏病又犯了，之前你居然都没给我打过一个电话说起此事。估计是不方便吧，搞不好还带着什么美女，更搞不好还连带什么见家长的仪式，我才不去助兴。

我跟他们说我头疼咧，不去了，而且晚上还有好多试卷要做什么什么的。

考试比天大，爸妈没有强求我，他们去了。

他们把门一关上我就真的头痛欲裂，我躲到自己的房间里，躺到床上，用耳机堵住耳朵，盖上厚厚的被子，妄图与世隔绝。

我不停地安慰自己，我流泪，是因为高考压力太大了。我伤心，是因为我这半个月少吃少喝，还是重了两斤。我不爽，是因为我高中三年从没收到过任何一个男生给我写的情书。

反正我就是不会为你啥啥啥。

门铃响的时候我没有听见，直到家里的电话尖锐地响起，我不耐烦地接起来，电话那头居然是你的声音。

“开门。”你说。

我半信半疑地走到门边，拉开门，果然是你。你的造型好夸张，帽子、墨镜，裹得严严实实，手里还拎着一袋外卖。

“大人们聊天没空。”你脱掉外套，把东西放到桌上对我说，“只有我来给你送吃的。可乐鸡翅，栗子蛋糕，先吃哪一样？”

“不吃，不饿。”我扭头就往自己房间走。

你一把拽住我，把我拖到你怀里，我拼命地把头扭过来扭过去，就是不想看你。明星了不起嘛，明星就可以随便谈恋爱嘛，明星就可以说来就来，说走就走嘛？哼哼哼哼哼！

“哭过了？”你审视着问我。

“哪有。”我死不承认。

你伸出一只手，用力把我的头掰回去，逼我看着你。我忽然很想咬你，狠狠地，就咬到你的帅气的脸蛋上，让你从此破相，留下终身“残疾”，从此在贵圈混不下去。

你逼问我：“为什么不肯见我？”

“见你干吗！”我喊叫，“你现在这么红，天天排队要见你的人那么多，我又没有预约，就算预约了，也不见得轮得到我。只要有美女陪你就好，我还有自知之明……”

你俯下身来，猛地吻住了我的唇，堵住了我的滔滔不绝。

那一次我才懂得，书上所形容的那种“一秒一世纪”原来是真的存在的。“天崩地裂雷霆万钧”原来也是真的，“山重水复疑无路，柳暗花明又一村”原来都是真的。

就连方蹭蹭胡乱写在本子上的话都是真的——爱情就这么来了，不带这么玩的，提早打个电话行不行，好歹让我梳个妆，打个扮什么的。

她真是太有才了。

要是这一次可以和上一次换一换，那我就可以骄傲地默认：我的初吻美好极了，美好得要死人了。

（10）

第二天，我跟老师请了病假，没有回校。因为你租了车，说要带我去乡下钓鱼。

那里叫艾叶镇。离市区约两小时车程。之前我从没来过，甚至没听说过那么一个地方。你告诉我念大学的时候曾经和一个同来过这里，因为感觉像世外桃源，所以一直念念不忘。

我始终没问你念念不忘的到底是景还是人，爱情真有一双魔术手，仿佛一夜之间，我就从那个俗不拉叽的小姑娘成长为一个可以藏住心事的大人，行事得体，乖巧懂事。

艾叶镇是真的美，偏偏又下了点微雨，不远处的景便成了一幅立体的泼墨山水画，若隐若现，宛如仙境。你穿了一套很休闲的运动装，低檐棒球帽，手执鱼竿，搂着我在乡间小路上穿行。掌心的温度带了湿气，渗进皮肤，让我心乱如麻，加上逃学的忐忑，我整个人像飘在半空中。

“如果没记错的话，绕过前面那座山，会有个湖。”你说。

“湖里真的有鱼吗？”我问。

你笑：“传说能钓到。”

“你从哪里弄来鱼竿？”我好奇。

“老早就买在家里了。”你说，“那次没陪你到天目湖去，我一直觉得对不起你。”

“你撒谎。”我说。但明知是谎言，心还是甜到快化掉。

你哈哈笑，拉着我快步往前走。我没有帽子，风把我的头发吹得乱七八糟，雨还在下，很细，要不是我的睫毛越来越湿润，根本感觉不到。我忘了换下脏兮兮的校服，觉得自己马上就会变成一个黏糊糊的丑泥人。可是你并不介意，反而将我搂得更紧了。

看到那个湖的时候我倒吸了一口凉气。湖水微蓝，动也不动，像是天上不小心掉下的一面大镜子。反正从昨晚起一切都像是做梦，我就呆站在那里，管它梦醒还是不醒。

那天我们一条鱼也没钓着，更何况我的心思根本也不在钓鱼上。我俩在湖边待了好几个小时，这期间你只接了一个电话，好像是你经纪人的，我听到你在一字一句很严肃地跟他说："这一次，绝不妥协。"然后你挂了电话，关掉了手机。

之后的时光变得更加安静，四周连路人都没有一个。我握着那根鱼竿，把头靠到你肩上，问你："尚弼，你开不开心？"

你答："开心的。"

我问："是因为和我在一起吗？"

你答："当然。"

你又撒谎了，我想我是了解你的，你其实有心事，只是不愿意告诉我，我不知道那些困扰你的事到底是什么，但是如果和我在一起，我们可以拥有这忙里偷闲的一日，你暂时可以忘掉那些不开心，我就觉得很开心了。

"尚弼，"我说，"你给我唱首歌吧，你还从来没给我一个人唱过歌呢？"

"不。"你坚决地拒绝了我。

"唱嘛。"我求你，"我想听。"

"等我写出那首歌来。"你说，"到目前为止，我找不到一首可以唱给你的情歌。"

我好没出息地喜欢你说“情歌”这两个字，好像一笔从天上掉下来的意外之财，把你拒绝我的遗憾赶得干干净净，也让我有足够的耐心和勇气，等你独自为我唱情歌的那一天。

（11）

高考终于结束了。

我们班都考得很好。特别是方蹭蹭，简直就像一匹黑马，冲进了前十名，总分还比我高出了五分。等待通知书的日子，方蹭蹭来找我玩。她也报了北京的学校，且第一志愿是师大，这完全出乎我的意料，因为我的眼里，她和“为人师表”四个字有点距离。

“你教出来的学生，该不会和你一样蹭东蹭西吧？”我取笑她。

“好啦！”方蹭蹭翻我一个白眼，好像真的生气了似的，她说，“你说我蹭，今天我偏偏要请你吃饭！”

那天方蹭蹭果然请我吃饭。

她把我带到某四川酒家，豪迈地点了七个菜，又要了一箱啤酒。我有点不放心地跟她说：“我没带钱哦。”

“都说我请了！”她一边朝我瞪眼睛一边撬开两瓶啤酒的瓶盖，分我一瓶，要和我干杯。

“我不要！”我推开她，酒这个东西，我一向觉得少碰为妙。

“喝！”方蹭蹭说，“这个你必须要喝！因为，我，要和你结拜！”

义结金兰这种土事真正发生，还是挺感人的。所以那天我还是喝了，不过只喝了一小口，剩下的全被方蹭蹭一个人喝了。她一边喝一边哭，对我颠三倒四说了许多话。诸如她妈妈如何辛苦，她爸爸又是如何对不起这个家，她有过的六个男朋友里，有的是大舌头，有的是负心汉，有的是骗子，有的是小偷，还有的，干脆是Gay……总之，把她整个高中时代所有不肯告诉我的秘密都对我说了个干净。

我以为她有最快乐的青春，原来这些都是误会。

最后，她醉倒在我怀里，满眼含着泪水说："秦淼淼，这些烂账就交给你了，你替我守着它们。到了北京，谁也不许告诉，因为，我就要开始新生活啦！新北京，新奥运，新恋情……"

"好吧。"我说。

她逼我："那你也要还我一个秘密，告诉我，你的男朋友是谁？"

"我哪有男朋友。"话音刚落，你给我打来电话，我接起来，还没来得及说话，方蹭蹭趁我不注意，一把抢过了我的手机，捏着嗓子问："谁找我家淼姑娘呀，我是她的小秘书，有事您说话！"

我再把电话抢过来的时候，你已经挂了电话。

虽然这是一件可以理解的事，但我心里却多少还是有些遗憾，差点就哭出来。其实那天，你就算是对方蹭蹭说一句——请她接电话，又有什么呢？没人知道电话那边的人是你，而且方蹭蹭一定会很花痴地对我说，那个男的声音很好听的哦，想必一定很帅的哦！

为什么连这一点点小小的骄傲，你都不肯给我？

我为这件事，纠结了好长时间。后来，我终于敢问你那天为什么要挂电话，你告诉我你以为你打错了。我接受了你这个善意的谎言，但其实那以后很长时间，你都没有再主动给我打过电话。我也暗地里赌过气——关掉手机，不回信息，也不主动打给你。但这些归根到底都是我自娱自乐的小游戏，因为每一次我能坚持的时间都太短太短，而你只需要一句漫不经心的关怀，我就又全盘皆输。

一想到这个，我真希望可以把高考志愿表改一改。

距离才会产生美。拥有就不懂得珍惜。最爱你的人伤你最深。这些关于爱情的语录我们听过千万遍，可惜却没有一次能够真正理解。

（12）

拿到传媒大学录取通知书的那一天，我忽然很想去旅行，一个人到西双版纳。

这样在我真正去北京前，我可以考虑好我们两人之间的关系。

我机票都买好了，你却给我打来电话，让我尽快去北京适应一下那里的气候和环境。你还告诉我爸妈，什么都不用替我准备，全部包在你身上。

我告诉你我要去云南的事，话只说到一半，你就说："不许，给我快点过来！"

"为什么？"我明知故问。

“我想见你。”你说。

“为什么要见我？”我表现出自己从没有过的固执。

“小秒针，”你说，“我已经很累了，你能不能乖点？”

好吧，其实我知道，那些天报上都是关于你的不太好的消息，诸如总是找不到合适自己的歌曲，人气下滑，首部电影流产等等。虽然你和我从不提起这些，但我觉得，此时此刻离你近一些，或许是我应该做的事。

我取消了原计划，改订了去北京的机票。可能真的是对你太放心了，爸妈都没送我，只是给我卡上存了钱，叫我千万不要让你多花费。

虽然不是第一次坐飞机，但一路上我右眼都在跳，跳得我心乱如麻。

可能不想被媒体拍了乱讲，你助理在机场接了我这个乡巴佬，就直接把我送到了你住的公寓。

我进了门才发现刘采采在，怪不得一路上给你发信息你都不回。她穿了一件白色的上衣，特别好看的一双黄色球鞋，坐在你家那个红色的小沙发上伤心地哭泣。你略显尴尬地迎我进去，把我送到里面的房间，让我稍等。

我给我爸报平安的电话还没打完，就听到刘采采在外面尖叫：“叫她滚！”

我从没独自出过远门，从没有人用这种语气对过我，这些都是第一次。看着窗外陌生的首都的天空，忽然觉得前所未有的无助和心酸。

我高三最后拼命念书和等待被录取的日子里，关于这一天的幻想统统不是这样的。它们浪漫、温情、幸福、感伤，带着久别重逢的喜悦和爱就要一触即发的恐慌。我甚至去做了新发型，买了韩国的BB霜和一支淡淡的口红。

却没想到爱情这东西，真正靠近就要以耻辱为代价。

我盯着窗外的一棵树看，我想问它我是不是做错了什么，才发现方蹭蹭以前所说的并不是扯淡，不然，那树怎么好像真的在晃动，还有烟不停地往外冒呢？

我深吸一口气，终于做了决定，拎了我的包，打开房门，准备离开。你拦住我，指着房间的大门，用命令的口吻对我说："进去！"

可你对她为什么就那么温柔呢？她都像个泼妇了，你还一言不发。

我为什么要听你的？

我甩开你的手，一语不发地冲向门边。

刘采采却喊住我说："等下，我要告诉你一件事，如果他送你香奈儿的包，那也是我买了不喜欢不要的。"

你的表情很受伤。

如果不是她这样张狂，我真的拉开门就走了，但是我忽然不想了。我走近刘采采，近距离地看着她，她一定抹了很多粉，一张脸虽然白净，但看上去像假的一样。

我把包扔到地上，她坐直了身子，警惕地看着我。

“你该滚了。”我对她说。

“凭什么？”她笑着问我。

“因为我来了。”我说。

她转头，看着你，等你的答案。

你冷冷地说了一个字：“对。”

后来想起来，那一仗我之所以可以大获全胜，完全是因为我早就做好了全盘皆输的准备。就算在北京街头流浪，我也不能让别的女人在你的面前占了上风。我潇洒地放弃了底牌，才优雅地赢得了全局。

这一点，美女刘采采估计永远都不会懂。

不管如何，我终于成了你的女朋友。

来来来，干一杯吧，红酒可以，白酒也成。

不知道是不是爱情的力量，一向词穷的我这回自认为找到了个好比喻：你给我的爱是一趟慢火车，虽然绕道，虽然晚点，但仍平安到达终点。如此说来，比起这世上千千万万个爱恨不成的少女，我还算是好运的吧。

下集：我说告别的时候你听不见（两年后）

（1）

春天又来的时候，我预感到我要失恋了。

说来好笑，快两年了吧，我一直谈着一场很“独特”的恋爱，所以如果失去它，这个世界上也只会有两个人知道。

一个是我，一个是你。

周末黄昏的公寓楼总是飘着来路不明的饭菜香，天空中有细微的雨，落进地面转眼不见。我站在十八幢六楼C座的窗前等你的到来。但我知道你一定是不会来了，手机从前天傍晚起就转到了秘书台，每一次你的消失，都是由秘书台转告我，这是你最好的方式。而我最好的方式，就是无休止地等待，直到你再次出现。

以前的我没有这样的耐心。我的耐心像沙漏里的沙，一点一点慢慢堆积而成，刹那的倾覆之后，再次轮回堆积的宿命。

很多次坚持不下去的时候，我会跟自己说：“秦淼淼，这是你自己的选择，你怨不得任何人。”只是我的iPad里，从来都不敢放你的歌，也不敢听你唱歌，很莫名其妙吧。

那天黄昏，我和方蹭蹭一起来到公车站。把我蓝色的大包塞到我手里，她神色忧伤地说："秦淼淼，我可以问你一个问题吗？"

"问呢。"

"你是不是，当了人家的小三儿？"

可怜的方蹭蹭，看上去就快要哭了。

"没有哦。"我说。

"不撒谎？"

"不撒谎。"

"那么，二十岁生日快乐！"方蹭蹭伸出双臂，给我一个大大的拥抱。然后她放开我，微笑，跳上公车离开。

我的蓝色大包里，放着她送我的生日礼物，一瓶迪奥的香水，粉红色的限量版。她舍得破费不说，还放弃和新男朋友的约会跨越大半个北京城专程来给我过生日，我却重色轻友弃她不顾，真是不应该。但二十岁生日，我只想和你一起过。你答应过我一定陪我，只可惜你还是食言了。

意料之外，情理之中。尚弼，如果这是必然的结局，那么分手的话让我先说吧，我不怕痛。

（2）

凌晨一点，我独自在钱柜K歌。

方蹭蹭和她的男友范小九一起出现的时候，我正缩在那里哀怨地低吟："我的爱就像是降落伞，只能义无反顾地飞翔，想念是狂风无法抵挡，束手无策地飘荡……"

方蹭蹭上来粗鲁地抢走了我的话筒，切掉了我的音乐。

我就抱着我的腿在那里扯着嗓门清唱："我的爱就像是降落伞，勇敢的我在空中绽放，请给我力量，空降你的身旁！"

我没疯，就是多喝了一点儿。

要早知道我唱歌这么好听，当年也该去参加一两个选秀，搞不好现在我也是明星，搞不好现在我比谁都红。

谁还敢不把我当根葱！

范小九拉着欲哭无泪的方蹭蹭坐下来，递给我一支烟说："唱得不错，抽根烟继续。"

方蹭蹭一把把烟打掉："你还嫌不够乱？"

"乱吗？"范小九慢条斯理地说，"抽根烟有助于她稳定心情嘛。"

我弯腰，把烟从地上捡起来，含到嘴里。

范小九很快掏出打火机，替我点上。然后他再掏一根，递给方蹭蹭。方蹭蹭没接，而是带着疑惑像只猎狗一样四下嗅嗅，接着，她飞快地拉开我的蓝色大包，掏出里面的香水来——她刚送我的迪奥，里面只余一点点了。

"你都干了什么！"方蹭蹭一只手举着空瓶子，一只手过来揪住我的衣裳问。

"好喝。"我笑嘻嘻地说。

“你喝啦？五百多块！”方蹭蹭几近咆哮。

方蹭蹭就是方蹭蹭，事到如今她关心的是她的钱而不是我的健康。不过你放心，我没喝，我并不想自杀，我只是一路走来洒了一场奢华的香水雨而已。

我没心情关注路人的表情，甚至自己都闻不出那香味具体是怎样的。我麻木地穿过了大街小巷，麻木地给这个城市的街道添香。

方蹭蹭咬牙切齿地说：“秦淼淼，你今天必须告诉我，是哪个男的把你逼成这样，老娘非去把他给灭了不可。”

KTV里在放路过的广告歌，是你的那首打榜新歌《纹身》，歌词真伤感：你肩上的吻痕，是我心头的纹身，你可以痊愈，却是我永远的伤痕。爱情的雪，下起来总那么残忍，夏天都来了，我还淹没在你离开的冰冷……

我用夹着烟的不熟练的手指指着电视屏幕说：“就是他！扁他！”

方蹭蹭跌倒在沙发上，无助地问范小九：“要不要送她去医院？”

范小九说：“这是慢性病，急诊没用。”

我扑哧笑出来，方蹭蹭就哭了。

范小九把方蹭蹭一把搂住，像哄婴儿一样轻拍她的背。那天是我第一次见范小九，而且我之前并不知道他叫范小九，因为方蹭蹭一直在用昵称叫他范眼镜范眼镜。我已经记不得这是方蹭蹭考上大学后的第几个男朋友了。我跟方蹭蹭老早就组织了一个失恋阵线联盟，所不同的是，她是和不同的人恋爱失恋，而我一直是和同一个人。

方蹭蹭说，我这样做等于反复地吻同一只青蛙，毫无技术含量。

而且事实证明，吻过很多只青蛙的方蹭蹭就是比我幸福。

（3）

那天晚上，我在范小九的宝马车里吐得一塌糊涂。

我们没回学校，而是在外面开了两间房。四星级的宾馆，床很大，很柔软。方蹭蹭带我洗的澡。她一面替我搓背一面看着镜子里的我说忽然发现我长得像狐狸精。我气若游丝地说我要真像狐狸精就好了，我男朋友现在还不知道在哪个狐狸精那里呢。

方蹭蹭把我的身子转过去，逼问我："淼丫头，你到底在跟谁谈恋爱，中情局的？整天搞得神秘兮兮的！连面都见不着！"

"明星呢，不能随便见。"我第一次跟她说实话。

"老子不信。"她说，"你哪有机会认识什么明星！"

"很小就认识啦，那时候不知道他会当明星嘛。"

"你少给我装醉，我看你八成是当了人家的小三儿，有苦说不出，是不是？要真是这样，我告诉你，在他那里钱你能弄多少弄多少，咱的青春不是白花的！"

她越说越离谱，我只能转话题："范小九家干吗的，这么有钱？"

"不知道。"方蹭蹭说，"我只关心他卡里的钱够不够我花。"

"难道你不爱他吗？"

“爱啊。”方蹭蹭说，“但我与此同时也爱他的钱，难道不行吗？”

我问：“如果你的男朋友不肯为你花钱，是不是表示他不够爱你？”

“那是当然。”方蹭蹭答。

我沉默了。

洗完澡范小九来敲门，带来一大堆吃的东西。我的胃吐空了，但是我什么都吃不下。只能看着方蹭蹭和范小九腻腻歪歪地共享一个苹果。可能因为有我这个外人在，范小九略微显得有些不愿意，但是他最终屈从了，我觉得他眼神里的那种不愿意只有我发现了，方蹭蹭并不知道，所以范小九后来一直都不敢看我。

在范小九局促不安的表情里，我忽然就有点原谅你了，要面子的男人，活得都累。更何况是像你这样一个必须守住自己的面子才能够长红下去的艺人呢。我是不是应该继续容忍？容忍你的突然失踪，容忍你和别的艺人当众调情，容忍当我们在一起时，你渐渐变得心不在焉的表情？

“我们走吧。”范小九站起身来说，“她很累了，让她休息。”

“春淼淼是我方蹭蹭这辈子最好的朋友。但是，我们之间有一个问题，到现在还没有解决。”

范小九不明白：“什么问题？”我也很惘然地看着她。

方蹭蹭伸出食指，在我的头上点了一下，肉麻地问道：“那就是——到底是她漂亮还是我漂亮呀？”

“哦，你最漂亮。”

范小九扫了我一眼，把她扶起来，往门外走去。

方蹭蹭对我得意而害羞地眨了眨眼。我好羡慕她可以大声地问出这种问题。情人眼里出西施，答案早已经明确。可是若要我在你面前问“到底是刘采采漂亮还是我漂亮”，我一定问不出口，而且，说到底，对这个问题的答案，我终究没有方蹭蹭百分之十的自信。

他俩回自己房间后，我独自坐在宾馆的落地窗前，看着北京城不灭的灯火，想你。我的手机一直没关，可是你一直没打来，没有说“生日快乐”就算了，连句解释都显得多余。

我想起我们在一起这么久，除了房子是你租的，我并没有用过你一分钱，冰箱里的东西都是我在超市里买了拎过去的，碍于你的公众形象，如果叫外卖，每次都是我去门边付钱。唯一的一次你忽然想起来似的，非要塞给我一叠钱，叫我去买点自己喜欢的东西，我走的时候把那叠钱留在了枕头边。因为你给我钱的滋味怪怪的，我觉得我很不习惯。

我从没问过你挣了多少钱，没见过你的银行卡，当然更不知道卡上的密码，别说这个了，我连你的 QQ 密码和 MSN 密码统统不知道。以前的我一直认为，这些是我应该有的骄傲和自尊，我保全你的世界，自己的世界才能够完整。直到这一刻才深刻发现自己的愚蠢，所谓独立，不过是自己欺骗自己的筹码。

只是尚弼，你到底有没有骗过我呢，还是你并没有真正爱过我，你选择和我在一起，只是不想离开年少的单纯，妄图在纷乱复杂的娱乐圈里坚守一份可怜的纯白，是不是呢？

如果真是这样，那我该有多么可悲。

（4）

我生日后的第八天，你终于肯见我了。

我去的时候你已经在了，但看上去相当累。兴许是觉得理亏，你主动过来抱我，温柔而低声地跟我说对不起。你居然留了短短的胡子，扎得我的脸生疼生疼。

我叫你滚蛋。

你厚脸皮地说要滚一起滚。

然后你吻了我。

你好像很久都没有这么用心地吻过我。你也很久不叫我小秒针。你很久都不说你爱我。你很久都没有陪我吃过一顿饭。很久没有给我买过礼物。

我强忍着不掉眼泪，我已经二十岁了，成年了，我要学会坚强，学会无情。并且，我早已厌倦听你任何的解释。于是我用力推开了你。你叹口气站起身来，离开我。过期的栗子味道的生日蛋糕就放在客厅的角落，你拾起，去厨房里丢掉它。等你转身回来，我已经用生日蜡烛点燃了客厅里的落地窗帘。你冲过来，把火踩灭，然后狠狠地给了我一耳光，我回你一耳光，我们纠缠在一起。那一场无声的战役你最终输给我，因为我不小心抓破了你的眼角。

虽然我可以发誓，我真的不是故意的。

你拿了冰块，坐在沙发角落里默默地敷。

我冷冷地看着英俊的你，发现自己一点儿也不快乐。

这个世界上有很多姑娘做了你的女朋友都会快乐至死。

我曾经也这样以为。

但现在我要斩钉截铁地说不，不，不不不。

或者最基本的原因在于，我根本就算不上是你的女朋友。因为没有人知道我是你的女朋友，因为全世界都知道，尚弼自从和刘采采分手后，一直都没有女朋友。

想到这个，我坐在十八幢六楼 C 座的地板中央，号啕大哭。

你没有像范小九哄方蹭蹭那样来哄我。

不过我哭得也不算太久。哭完后，我站起身来，对你说了一句在心里排练过无数次的台词：“我们分手吧。”

这一次你没有说不。

你甚至没有起身拦我，也没有看我一眼，你在很可能是我们最后一次会面的时间里装聋作哑，任由我就这样走了出去。

我不想去追究你是否有了新感情，我只是后悔，当我在你的眼睛里第一次看到无奈和厌倦的时候，我就应该和你挥手说拜拜。所有的停留和幻想，都是自说自话的傻念头，不值得。

以前我们不是没吵过，也因大大小小的事闹过无数次的分手，最短的十分钟就后悔，最长的也超不过二十四小时。但我知道这一次是不一样的，这一次我们都认真了。相反，正因为这份认真，才让我明白原来真正的失恋并没有想象中那样苍凉和愤恨，痛还可以承受，日子一样会继续。

就好像一首情歌，起头的时候兴味阑珊，唱到一半，临到高潮，却忽然发现，这根本不是自己的Key。高也高不上，低也低不了，只得狼狈收场。

（5）

我想学方蹭蹭，去做个纹身，小小的，就烙在肩膀上。

不知道该做什么图案，不知道会不会很痛。方蹭蹭每次分手都会去做一个，小小的，有时是字母，有时是我不明白的图案。她向我展示的一共有六个，全在隐秘的地方，我曾问过如果被她的新男友看见她应该怎么解释。她笑而不答。

我想我暂时不会有新男友，我怕我去做了，就真的完完全全了结了。其实我还是想你啊，不然，为什么我不敢开手机，不敢上网，不敢看报纸，不敢听广播，甚至不敢逛街呢？

有一次我真的投降了，打了你的手机，我想问你在哪里，我想跟你说对不起是我太任性，可惜你已关机。秘书台那个女人甜腻的声音让我难堪，甚至嫉妒。至少，她能为你的离开做代言，而我却变得和你毫无关系。

周四下午待在宿舍里，忽然广播找人，喊的是我的名字。我按着一颗狂跳的心犹豫着下了楼，却意外地看到范小九，他站在楼道前抽烟，看见我，灭掉烟头走到我面前，问我："可不可以请你去喝杯咖啡？"

"晚上有自习。"我说。

"就在学校外面，不远。"他说。

我猜一定是方蹭蹭出了点啥事，于是上楼拿了外套，跟范小九一起往校外走去。路上偶遇同系的两个女生，一直盯着我们看。范小九还冲人家微笑，我这才发现他很白，脸很圆，身材很一般，走起路来姿势超难看。所以说，上帝还真是公平的。

在知道范小九家有钱以前，我曾问过方蹭蹭到底喜欢这个新男友啥，方蹭蹭绕过最关键的答案，答我："闷骚。"

方蹭蹭对男生的喜好一直在变，常常转角就能遇到爱。以前老觉得她完全不懂得爱情，如今才知道她是我应该学习的好榜样。只是我还没找到能再让我心动的男生，好像患了强迫症，见谁都不顺眼，恨不得他们统统整容成你的模样。

闷骚阔少范小九一路领着我，轻车熟路地将我带到校外地铁站旁的格林小镇。

我们坐定后，他点了咖啡，我要的是双皮奶。服务员走开后，我对他说："有什么事你快点讲。"

虽然我知道方蹭蹭老出状况，但我也暗自希望范小九给我带来的消息不至于太过雷人。

"这里的一品煲不错。"他废话连篇。

"你们分手了？"我问。

“没有。”他说，“我只是，想跟她分手。”

“为什么不直接告诉她？”

“开不了口。”范小九说。

“别太自以为是！”我觉得范小九真是迂到极致，“你放一百二十个心，方同学久经沙场，不会有事。”

“是我出了点状况。”范小九说，“不知道应该怎么办！”

“欠赌债？让你爸替你还。”我故意取笑他。

“不。”他却正儿八经回答我，“准确地说，是情债。”

“你劈腿？！”我忽然觉得眼前这个男生超级讨厌，我替方蹭蹭感到耻辱，有钱了不起嘛，就算是过站找伴，找他也算是瞎了眼。

“我没劈。”范小九说。

在我被他弄得超级糊涂的时候，他痛苦地捂着脸对我说：“我是单相思，我整天都想着她，茶不思饭不想，从我第一眼见到她，我就知道我完了。”

“她知道吗？”我问他。

范小九摇头。

原来是暗恋上别人，活该方蹭蹭倒霉。

我说：“你死了心，我不会传话的。”

我的双皮奶刚端来，我埋头吃，等他发言。可他半天没话。只是把两手从脸上放下来，改为握拳。

我吃完双皮奶，跟他说：“我走了哦。”他还是不说话，嘴巴像被谁缝了起来。我自知不是感情专家，解决不了他们这些高难度的问题，起身欲离开，他却一把抓住我的胳膊说：“淼淼，我说的那个人，是你。我喜欢你。”

老天。

虽然我很不喜欢范小九，虽然我当机立断地甩开他回到了学校，虽然我再三告诉我自己，我没有做小三儿，这一切都不是我的错，但是后来我却忽然之间想明白了一点，我都二十岁了，范小九还是唯一一个跟我表白的男生哦。

你从没有表白过的，从来没有，是不是？

所以这一天，也差强人意地算是一个纪念日了吧。

（6）

那以后，我打过方蹭蹭两次电话，她都没接。

不知道是不是范小九在她面前胡说八道了什么，不过我没做对不起她的事，所以任何解释都是多余的。为了六根清净，切断对你想念的后路，我干脆换了手机号码。

换号码是这个世界上最最没出息的事，而我这么做最主要还是为了你。因为方蹭蹭若想我，自然知道来哪里找得到我。

当然我还是很想念她的，我在北京朋友并不多。更何况像她对我这样好的。更何况我刚刚和你分手，孤单得不像话。我仍然记得那年我们一起在高中校门外的小酒家喝到东倒西歪的情景，从那天起，我们便成了好姐妹。若不是半路杀出个神经病的范小九，我们应该可以一辈子相亲相爱的。

不过后来我劝自己——其实是这样,如果和你的爱情都放得下,我还有什么别的放不下的东西呢?

还好没过多久，通过大四学姐马好的介绍，我在一家女性杂志社找到了一份兼职的工作，每周一、三、五上班，主要任务是处理一些读者来信以及干点杂活。我很珍惜这份工作，因为忙碌会让我忘记很多的事。包括你的生日、方蹭蹭的生日。

连生日礼物都省了。

我用挣来的钱，给自己买水芝澳的面膜、香奈儿的隔离霜、打折的正版古驰钱包，学会宠爱自己，努力热爱生活。编辑部里有很多能人，美编向大饼和我最合得来。她跟我分享很多的美容经验，还送给我她最心爱的减肥绷带试用装。作为回报，我给她做的图提建议以及配好看的文字，不收钱。大饼喜欢八卦，而且热衷于跟大家分享八卦。那个新闻就是大饼在午餐时间大声讲给大家听的:“北师大有个女大学生，因与富豪男友在宝马车内打架，不幸酿成车祸，男的伤得很重，女的把他送到医院就自己跑掉了。”

“男的死了?”有人问。

“不知道呢。”

连叹息声都零星，这种事见怪不怪。每天都有新闻在发生，不知道哪个傍上款爷的娇小姐，连男友开车时都敢戏弄，弄出人命也算是自取其辱了。不过话又说回来，男友都快死翘翘了自己却跑掉，这种爱情，未免也太凉薄了吧?

等等，师大？宝马？

我心里忽然生起一种很奇怪的不安。

“据说这女生平日就性情古怪，身上有六个纹身。”向大饼继续说道，“说是痛恨男友劈腿，两人在车上发生争执……”

我从桌上拿起我的手机，转身飞奔出了办公室。电梯很慢，一直等不到。于是我选择了楼梯，跌跌撞撞跑到楼下空旷处，深吸一口气，打方蹭蹭的电话，关机。

打范小九的，电话那头只传来冰冷的那句话——您呼叫的用户不在服务区。

我想起多年前和方蹭蹭在天中楼顶上的对话，才发现这一切都太戏剧性了。事实证明，方蹭蹭不如自己想象的勇敢，她并没和他同归于尽，而是宁愿选择落荒而逃，连敌人的死活也不再关心了。

如此说来，是我爱你爱得不够深吗？

为什么我如此舍不得，却还是这么无条件地轻易放了手呢？

（7）

不幸中的万幸，范小九九死一生，需要在医院住上一个月。而方蹭蹭，除了面临退学、流言之外，还有范小九家人的起诉和巨额的赔偿要求。

对方两人都受了重伤，整部车都被压扁了。据说范小九家赔了将近八十万元，还搭上一部折坏车灯的宝马汽车。

范小九的家人坚决对方蹭蹭不依不饶。

方蹭蹭的爸爸和妈妈在她读大一的时候离了婚，各自成了家。她和范小九好后，一切吃喝玩乐的费用都是家境颇丰的范小九承担，包括上次送我的迪奥香水。

此时此刻，除了我，她什么都没有。

我找到她，是在她们学校附近的一个小旅馆里。我磨了她们宿舍和她关系最好的女生许久，她终于答应带我去找她。那个清晨，我敲开小旅馆的房间门，方蹭蹭衣衫不整地站在我的面前。看到我，她的眼神却没有丝毫的惊奇或者担忧，完全无视我的存在，头发乱得像鸡窝也不去整理，半晌，只是伸手去抓了抓自己的后脑勺。

她穿着吊带睡衣，露出的半个肩胛骨上的那个纹身，颜色变得非常暗淡，像隔着一块磨砂玻璃一样模糊的一小块。

我打了她一巴掌，因为我实在控制不了我自己。我不喜欢她这样，一点儿都不喜欢。她没躲，那一巴掌清脆地落到她脸上。然后她扑上来，抱着我呜呜地哭了。

“为什么不信任我？”我恨恨地问她。

“我只是不信任男人。”方蹭蹭说，“男人一个比一个坏。”

“不要躲着，我陪你去找他谈。”我说，“看他敢把你怎么样！”

“不。”方蹭蹭说，“这辈子我都不要再见到他。”

她始终没有跟我描绘当天的细节，但我知道，错一定在她，不然，她不会怕成这个样子。我替她收拾屋子，开窗透气，帮她把满地的烟头都清理掉。她一直默默地坐着，看着窗外，不跟我说话。她的眼神里除了后悔，还有怨恨。她到底在怨恨什么呢？我不明白，她也不想说。那天的她几乎没有说话。从前那些叽叽喳喳莫名欢快的神情，像从她身上整个剥离了似的。

事到如今，我不会弃她于不顾，我做不到。

离开她后，我独自去找范小九。

他说："只要你肯跟我好，我就放过她。"

他说这话的时候特冷静，一点儿也不像开玩笑。他蓝条纹的病号服让我想起《飞越疯人院》那部电影里的患者之一。据说，他跛了。

我忽然失去了所有劝说的力气，我从医院里出来，在街上漫无目的地绕了一个大圈，再回到医院门口的时候，我终于打了你的电话。

谢天谢地，这一次你是开机的。

这是我第一次开口向你借钱，而且，数目比较大。我要在北京替方蹭蹭租房，处理麻烦，这一切没钱完全不行，而我在杂志社的工资少得可怜，根本不可能负担这一切。

接我电话的时候，你在一个非常嘈杂的地方。周围有女人在笑的声音，也有人在讲英文。你接起来的时候声音听上去很快活，我猜你应该是在参加什么时尚派对，我的电话一定有点像突然插播的电视购物广告。你的声音很大，同时还要求我也大声点。我已经尽力做到大声了，可是你仍然听不到。

我只能难堪地用非常大的声音喊出来："我，想，跟，你，借钱！"

"哦——"你恍然大悟的语气听上去挺讽刺的。但是你立刻飞快地答应了，甚至没有问我要借来干什么，只是说你在深圳，让我把卡号发到你手机上。

我给你写信息，写到卡号的最后一个数字的时候，我的眼泪滴下来，落在手机屏幕上，什么都看不清了。我设想过无数和你重建联系的镜头，可没有一个是这样的，我是完全的弱者，而你高高在上。连抹杀自尊的一个小动作，你都不愿意做。

你只是说，好。然后说，卡号。

我输得这样体无完肤。

我把手机收了起来，然后回到了医院，走进范小九病房的时候，他正在给自己剥一根香蕉。看到我，他低着眼皮说："我知道你会回来的。"

我说："我有两个条件。"

他说："一个是瞒着她，还有一个是不再追究此事。"

我不得不承认，范小九真的很聪明。只是他那么聪明，为什么就不能在方蹭蹭暗藏杀机无法自控的时候敏感一些呢？

如果是那样，故事会不会改写？

虽然不管如何改，我都回不了你的身边。

而我之所以心甘情愿作践我自己，并不完全是因为方蹭蹭，而是因为，失去了你，爱情早归零，其他一切都已经无所谓。

（8）

范小九第一次吻我的时候，我想到了死。

其实那并不算得上是一个真正的吻，他从轮椅上扶起来，险些没站稳，我弯腰扶起他，他的唇趁机滑过我的脸颊。

如果当时我手里有一把刀，我想我会比方蹭蹭做得还要惨烈。

但事实上是我什么也没做，我配合着他，装作若无其事，直到他的唇心满意足地离开我的脸，再冷冷地对我宣布：“你会爱上我。”

“我不会。”我用嘶哑的声音坚决地回答。

就算答应暂时和他在一起，关于“爱”这个字眼，仍然一点意义都没有。

“半年内。”我抓到机会跟他谈条件，“不行就各走各的路。”

他笑：“我只需要三个月。”

“一言为定。”我说。

他笑：“你够狡猾。”但很快又自信满满地重复我的话：“好，一言为定。”

我离开自大的范小九以后去看方蹭蹭。她住在我给她租的小屋里，正在煲汤。出事后她话很少，很长时间吃不下东西。我带她去看病，医生说她有轻度抑郁，不让她抽烟。她还算乖，实在想抽了就跟我说：“半根。”

她剪了短发，穿简单的棉布裙，坐在窗边看一本书，书的名字叫《从头到脚的健康》。经历生死后，健康对她来说变得重要。

爱情彻底成为一坨屎。

她煲的汤有中药的香味，不知道里面放了些什么。她绝口不提范小九，对我的事情也漠不关心。她死活也不愿意回学校去上课，还让我给她买“维密”的内衣和刮痧板。她变得只关心她自己。

她做的饭菜寡盐寡味，据说这样对身体无害。我们并没有过多的话可讲。要讨论的无非是她感兴趣的，比如什么东西富含胶原蛋白，什么东西有助于睡眠。若不是向大饼每日好心传授我一些这方面的基本常识，我简直对付不了神经质的方蹭蹭。

吃过饭，我洗碗，她靠在厨房的玻璃门上对我说：“我想去学画画。”

“好的。”我说。

“我想去跟夏吉吉学，可惜她一直不收徒。”

“我有空帮你去求她。”

“我渴。”

“等我洗完碗给你泡茶喝。”

“秦淼淼，你为什么这么贱？”她问。

她居然用这样的词形容我，我不知道该怎么答。

“你若不欠我，为什么会这么贱？”她说，“你早就勾引了范小九，是不是？你们早就开始了，是不是？我就是天下第一大傻瓜！”

说完这些，她冲出了门外。

我从厨房狭小的窗口看出去，外面在下雨，方蹭蹭的花裙子一闪而过。我不知道她何时才会回来。我还是把碗全部洗干净了，坐到沙发上等她。

我忽然觉得她说得没错，我就是贱。

不过她也一样地贱，没有我，她活不下去的。所以，她一定会选择回来。

果然半小时后她就回来了，她踢掉水汪汪的球鞋，光着脚走在地板上，大声命令我说："给我拿条干毛巾擦头发。我今晚不喝普洱，换铁观音。"

"自己的事情自己做。"我说。

她看了我一眼，自己走到饮水机前，可她找不到茶叶，换了好几个杯子好像都不太令她满意。等她好不容易把一杯茶折腾好以后，她对我说了一个字："滚！"

（9）

我"滚"回学校门口就看到了你的车。

你的助理下车招呼我。我上了车，你坐在后座，白T恤，墨镜。多日不见，你显得更有明星范儿。

"出了什么事？"你问我，连墨镜都舍不得摘。

"没事。"我没有和你说话的欲望，甚至后悔上你的车，只想草草结束。

你捏着我的下巴，凑过来要吻我。我用手掌隔开我们的唇。你审视地看我半天，然后问："你到底怎么了？"

“不用你管。”我说。

明知故问，真是男人最可恶的地方。我多么希望你只是抱着我，什么都不说。那么我一定可以收起我满身的刺，做你最乖的女孩。

可你偏偏不。

“我还有通告。”你塞给我一个厚厚的信封说，“赶过来看你，钱给你带来了，你看看够不够，不够我再汇些给你。”

“不用了。”我说，“有人借给我了。”

“谁？”你自问自答，“男朋友？”

我用沉默表示承认。

你愣了一下，笑着说：“这么快？”

“还好。”我说。

我死撑着，心痛得快要连全身都颤抖了，只想要一个完整的面子。

“好吧。”你把钱收起来说，“照顾好自己。”

我转过头，心如刀绞。

你真的没爱过我。至少，你现在不爱我了，你要的不过是我的原谅和宽容，妄图欣赏我失去你后的痛不欲生，我凭什么要让你得逞。

我下了你的车，低头往学校走。明明是六月底的天，我却感觉秋天已经来了。我回到宿舍就收到快递，好几份，全是礼物。施家的水晶，漂亮的鞋，不知道品牌的特别的包以及维密的粉色内衣，还有情书。

范小九真是俗不可耐。

可是不得不承认的是，读中文的范小九情书写得无懈可击。优美而特别的文字让这个因劈腿而导致跛脚的倒霉男人多少也有了些可爱的成分。若不是他身份古怪，我真想把他的这些文字推荐给向大饼，由大饼配上好看的图，一定会成为杂志里最受欢迎的栏目之一。

除了送礼和写情书，范小九并没有像我想象中那样死缠烂打。他预言的三个月当然很快就会过去，但他显得不急不缓，仿佛真的胸有成竹，时限之内一定可以让我在他面前死得很难看。

不过我并不害怕。

男人都是自以为是的愚蠢动物，就让他存着那样美丽的幻想吧。只要他不再为难方蹭蹭，我们各取所需何乐而不为。

并且我早就死在你手里了，其他所有人，我只能给他幻觉。让他在幻觉里得以永生。

我不是那么纯粹，遗憾的是十七岁的时候，我并没有看到自己这点长处。不然，我定会活得比现在快乐、丰富以及满足。

（10）

某个晚上，范小九打电话给我，说是要和我去逛夜市。

我从不知道，北京也是有夜市的。

协议恋情也是恋情，我没有理由拒绝。我想好了，他如果再敢对我动手动脚，我就把他的另一条腿也打瘸了。

是他先到的——这是必须的。他一动不动地站在那里抽烟，抽得他的脸像一个焚烧的稻草球，看到我走近，他忽然灭掉烟，什么也不说，上来一把握住了我的手。

我想甩开他，他却无耻地说："你难道不愿意帮助一个残疾人吗？"

好吧。

这个小巷子我以前从来没来过，却几乎聚集了我从小到大见过的所有小吃，而且，挤挤挨挨竟然全是人，我被迫只能和他挨得紧紧的。我在心里痛恨他的老奸巨猾，我从没有被一个男生这样长时间地牵着手，牵到我的手心全都是汗水了也不松开。

我只好忍。

我只能劝自己，牵牵手而已，不过是一个"女朋友"该尽的本分，有什么值得我小题大做的呢。其实我只是不想让他抓住和我吵架的把柄，此时此刻此情此景，吵架无异于调情，调情无异于杀我。

他带我来到一个卖臭豆腐的摊位前，对老板说："来两串。"

他接过老板娘递给他的滴着汁的臭豆腐，把它举到我面前，用他一贯胸有成竹的语气说："你尝尝，真的很好吃。"

那一刹那，我的大脑竟然又一次串线，你的模样出现在我面前。和眼前这个如此真实、平淡无奇、老奸巨猾的范小九相比，你英俊的脸显得那么虚幻、出众和无辜，遥远得像一张影院门口的海报。

"我不饿。"我说。

"凉了就不好吃了。"范小九很执着。

“不好吃就扔了。”我说。

“你一向是这样的吗？”他问我。

“什么样？”

“不喜欢就扔？”他说，“我做不到，我的坏毛病是，喜欢什么，就一定要想方设法弄到手。”

我当然明白他的言下之意。于是我反唇相讥：“你真的觉得你到手了吗？”

“快了吧。”他一面说，一面把两串臭豆腐干干脆脆地吃掉了。

那晚我第一次见到范小九胸口的那个伤疤，奇异的粉红色，盘踞在他的胸口。他告诉我，那是他五年前和人打架留下的，差点就死了。这一次，他又差点死了。两次大难不死，就必然会有后福，如果这后福不是我，那他宁愿真的死掉。

不过你别误会，我们什么也没做，只是他把臭豆腐汁弄到衣服上了，他手忙脚乱擦拭的时候顺势掀起衣服来给我瞧了一眼，然后就说了这一堆绕口令一样的破话。

我不感动。真的，一点儿也不。他不是你，永远打动不了我。

可能你不信，虽然我们早已经不相干了，虽然我一直跟自己说无所谓，但如果你肯给我这样的甜言蜜语，我也是愿意去死的。

我跟范小九分开后就去了方蹭蹭那里，屋子里很黑，没有人。我打开灯，看到桌上的一张字条，写在电费收据单的背面，只五个字：我走了，保重。

（11）

时间像盐水瓶里的点滴，盯着它看的时候走得慢些，一转身，又走得飞快。

半个月过去了，一个月也过去了，我没找到方蹭蹭。

她像消失了似的，学校的铺位似乎没人动过，书籍落满灰尘，衣橱里连内衣都没少一件。宿舍的人说学校已经给了她旷课处分，可是如今她人都找不见，连家庭联系簿上的地址都是假的。

她就这样莫名其妙地逃亡了。

我知道她没钱，不知道她还能去什么地方，最好的设想是她找到了新的男友和新的钱包。但我还是希望她能回来读完她的大学，按她的成绩，再考个研究生什么的，都应该没有什么问题。

暑假，在向大饼的努力下，主编丁丁大人同意我做全职，每周上五天班。工资往上提了一千多块不说，写稿还另外拿稿费。我没有退掉那个租的小房子，只因为方蹭蹭拿走了钥匙。我还盼着或许有一天她会忽然回来，靠在门边跟我说“狐狸精，我饿了，蹭点吃的”之类的话。

因为租的房子比学校的宿舍离杂志社近一些，所以放假之后，我就搬到那里去住了。我常常在深夜的时候感觉她在我身边，仿佛还听到她睡裙的窸窣声，或笑，或大声说话，或沉默不语。怀念一个人的时候，错觉往往是致命的。

但我宁愿怀念她，因为实在害怕怀念你。

北京的夏天燥热难当。不管夜里睡得有多不好，我都会在每天早上八点准时起床，洗漱完毕后，挤向人潮汹涌的地铁。我跟杂志社的人开始越来越熟，工作也越来越上手，和向大饼渐渐成为黄金搭档，合作的栏目令人耳目一新。

杂志社里实习生来来去去，大家见怪不怪。某天早上，丁主编又向大家介绍新同事，我抬起头来，居然看到范小九。

他的位子就安排在我的对面，趁人不注意，他朝我眨眼，神情暧昧超级欠扁。

我见过无聊的，但真没见过他这般无聊的。

下班的时候，他一直跟着我。到了小区门口，我回身对他说："你到底要干吗？"

他向我展示他手中的房门钥匙，脸上的表情很无辜。

算他狠，居然租到和我一幢的房子，只不过我在六楼，他在九楼。

不知内情的向大饼在午餐时间跟我八卦："知道不，姓范的来打工不要钱的，还给杂志赞助。"

"赞助啥？"我问。

"听说他家开矿起家的，现在有家物流公司，包了我们一年快递费。据说他前不久出过一次车祸，不知道会不会是被撞脑残了。"

我好心，没有告诉向大饼范小九就是某个令她津津乐道的新闻的男主角，我怕她会昏死过去。

没过两天杂志拍封面大片，主角是刘采采。本来跟拍的编辑季喵感冒，这个活儿居然落到我的头上。我想过拒绝，后来又觉得自己未免太多虑了，她高高在上，哪里会记得几年前只见过一面的我。

大饼是整场拍摄的统筹，范小九自告奋勇当她的助理。一路上她都忧心忡忡："听说那个刘采采很难搞的，希望今天会顺利。"

我趁机揶揄范小九："有范助理在，肯定搞得定。"

范小九拍胸脯说："就冲着你这话，我粉身碎骨也要搞定！"

刘大小姐的确是很难搞，一会儿埋怨造型师头发没弄好，一会儿又说给她准备的鞋小了一码，一会儿又旁若无人地跟她的助理说大饼设计的姿势很傻。大饼面向我偷偷做了一个要杀人的手势，我低头整理道具，微笑。好在有一言九鼎的范小九跟在她身边屁颠屁颠地说着好话，拍摄才得以勉勉强强地进行。

因为杂志论坛需要一些拍摄花絮，大饼让我拿数码相机抓拍一些图片，好及时放到论坛上和读者分享。谁知道我才拍了两张，刘采采的胖助理就直冲到我面前，一把抢走了我的相机。

"谁允许你用这种烂机子拍照的？"她真凶。

"我们拍给读者和采采的粉丝看的花絮，放网上论坛的，不做正式发表，也会用心 P 图的，你们放心吧。"大饼赶紧过来解释。

"合同里没有这一条。"她的助理蛮横地说，"相机我收起来，照片删掉，结束还给你们。"

一直在生闷气的大饼眼看着就忍不住要把火发出来，范小九过来及时地拖走了她。

照片拍到一半，要换装，刘采采却忽然指着角落里的我，在众目睽睽下用命令的口吻说道：“去给我买包烟！”

我环顾四周，她纤细的手指继续指着我说：“就你。”

“要什么牌子？”我冷静地问她。

“三五。”她说。

我转身向摄影棚外走去，范小九跑上前来拦住了我，大声地说：“主编大人，这种小事，小的去就好了。”

说完，他飞奔出去了。

刘采采一定是认出了我，不然，为什么她要用那种凌厉的目光一直看着我，恨不得把我的五脏六腑都看得清清楚楚？

（12）

如果拍摄那天我早点走了。

我是说如果，那该有多好。

如果是那样，我就不会中计了。

她是故意叫你来接她的吧。她是故意在我面前炫耀的吧，她自以为是大人物，谁也奈何不了她，所以才肆意妄为，铁了心要报当年的一箭之仇，却又偏偏戳到了我最痛的地方。

当我拎着那沉重的道具箱走出来的时候，你正好拉开车门迎她上车。她耀武扬威地回头微笑了一下，然后很大声地问你：“是你的那个青梅竹马吗？我没有看错吧。”

你转头看我，一切来得太突然，我还没有想好我应该有的表情，因为手指发抖，手里的箱子也快要掉到地上去了。

“淼淼，上车走啦！”大饼在我们租的面包车上大声唤我的名字。

你的目光与我的对接。

你变成熟了，更帅了。你没有戴墨镜，但看我的眼神没有焦点，像是在看刚刚翻过的看腻的书页。

我对着空气挤出微笑，不算寒暄。

比起我拙劣的演技，你显然比我训练有素得多。

你关上车门，走到我身边，轻声问：“你也在？”

“就走了。”我说。

“一起吃饭去？”你说，“我订了位。”

这么可笑的话，不知道你怎么会说得出口。

“我们走吧。”范小九忽然出现在我身后，一只手接过了我手里的大箱子，一只手揽着我往车上走去。他走起路来脚的问题还是很明显，但却用不着怀疑他的健步如飞，脚底生风。

我连再见都没跟你说，想到你的目光在后面注视着我，我全身就不能控制地一直抖一直抖。范小九一定感觉到我的异样，但谢谢他，他什么都没问。车子行驶到半路堵得厉害，他跳下车，给我买了杯热奶茶。大饼问：“怎么就淼淼一个人有？”

“她渴了啊。”范小九说。

“我也渴。”大饼说。

“对不起，我没注意。”范小九说，“过会儿我再去买。”

“不用了。”大饼看看我，再看看他，酸溜溜地评价说，“发展得也太快了点吧。”

那天夜里，范小九来我家敲门的时候，我没打算开。他的短信很快发来了：“知道你在，我来看看你。”

我依然缩在没灯的房间里，盯着电脑屏保的微光不出声。

他继续发：“我们的协议还没到期，今天是最后一天。”

我心软了，起身去开了门，他站在门外，手里拿着一大瓶红酒，说：“来喝点，庆祝我的失败。”

我侧身让他进来，他自己去厨房找了杯子、冰块，要与我同饮。

我象征性地和他碰了碰杯，抿了一小口，由衷地跟他说：“今天谢谢你。”

他说：“方蹭蹭来找我了。”

“她在哪里？”

他笑问：“如果我告诉你，你可以再给我三个月不？”

我没答话，他笑得更厉害，缩着肩膀，咬紧牙关，抬头将杯中酒一饮而尽。果然不是一家人不进一家门，他和方蹭蹭喝醉后有个共同的特征，就是话多，他说了很多很多话，差不多是从他十岁的时候讲起，讲他花心的老爸、他同父异母的姐姐，他先后养过的三条狗以及那些爱过他的女孩。

我耐心地听着，并不打断。直到时针指到十二点，他像是一部计时卡拉OK机，准时切断电源般站起身，微红着脸对我说：“再见，秦淼淼。”

“再见。”我一直送他到门边。

“我不会忘记你的。”他看着我的眼睛深情表白。

说完，他转身一瘸一拐地离开了。

我看着他往电梯走的背影，忽然发现，他的圆脑袋，看上去至少还算可爱。

（13）

范小九也消失了。

他没打招呼就离开了杂志社，他坐过的办公桌暂时没人来坐。如果主编大人找我去谈事情，我多半都会经过那张桌子，桌子上放着他用过的水杯和一些属于他的杂物。有天中午我找了个小盒子，把它们都装了起来。向大饼看见了，笑着问我：“你是不是想小九了啊？”

我说：“有点吧。”

我还真是有点想他，不比想念方蹭蹭少。生命里某个人硬生生地抽离，不管你喜欢不喜欢他，想要立刻忘掉他，都不是一件容易的事。

“那就电他吧电他吧电他吧！”向大饼劝我说，“你不要太清高啦，像小九这样有钱又有文化还没有脾气的好男生，很少见的啦。”

“你误会了。”

她满不在乎地答我：“人生本来就是一场大误会嘛。”

你直接冲到杂志社来找我，是开学前的一个周三。

你大驾光临，虽然戴了墨镜，也立刻被人认出。杂志社坐前台的小姑娘米果以为自己的眼睛出了问题，直到你礼貌地跟她说话："请替我找秦淼淼。"

米果像颗炮弹一样地冲进文编办公室，大惊小怪地喊："秦淼淼，尚弼要找秦淼淼！尚弼，真的尚弼！"

我抬头，你已经出现在办公室的门口。

我的大脑立刻就坏了。首先反应的是我会不会在做梦，可是你已经走了进来，低下身子对我说："小秒针，有空吗？"

"怎么了？"我问。

"出去说好不好？"你的神情让我觉得有些怪异。

我拿了包，跟着你往外走。我甚至忘了跟主编大人请假，就一直跟着你下了楼，来到你的车子上。

这一次你没有带助理，自己开的车。你换了新车，红色的跑车，特漂亮。但是你的心情显然很不好。

你握着方向盘对我说："没你的电话，只知道你在这家杂志社上班，没打招呼就来找你。不介意吧？"

"你找我到底什么事？"我问。

你把车开得飞快，不肯回答我的问题，就这样车子一直奔驰到六环上，在高速上飞奔了好一阵子，你才靠边把车停下来，对我说了四个字："我妈死了。"

"怎么会？"我大惊。

"她的病复发一阵子了。"你说，"没跟任何人说，连我爸都瞒着。我带她在北京治病，以为会有希望。”

“什么时候的事？”我问。

“今天早上。”说完，你侧过身把我揽到怀里，悲伤地哭了。

时光恍惚回到多年前，家乡小公园的小池塘边，你也是这样抱着我，问我：“小秒针，万一我没有妈妈了，你做我妈妈好不好？”

你做我妈妈好不好？

尚弼，如果你记住了这句承诺，我可以告诉你，我从来都没有变过。任何时候，只要你愿意拾起，我都愿意付诸实践。

（14）

我辞去了杂志社的工作，陪你回家，处理你妈妈的后事。你妈妈葬在艾叶镇，那是她的老家。葬礼后你爸爸待在那里暂时没回来，曾经热热闹闹的家，如今只剩下你一个人。

你说你一个人孤单，跟我妈妈要求，要我住在你家陪陪你，妈妈没想太多就同意了。

你跟经纪人告了假，关掉了电话，不与外界联系。那些天我们天天都待在一起，认识这么多年，甚至是谈恋爱那两年，我们也从未如此亲密。你的情绪很不稳定，偶尔冲我发火，发完火又道歉，反过来哄我。我给你做栗子蛋糕、可乐鸡翅。看你一点一点地吃掉它们，内心愉快。

上帝作证，我从没去想过我们的将来，我只知道这些天，是我陪着你，我要让你开心，让你忘掉失去亲人的伤痛，这些是我必须做的。

返京的前一天晚上，你试着问我："我们回去，租哪里的房子你比较方便呢？"

"你方便吗？"我问。

你表情有些不自然："可能，不能像这样天天陪你。"

"那你是要陪别的人吗？"我直接问。

他摇摇头，说："工作会很忙，如果真的要陪，也是工作的缘故。"

工作工作，工作到底是你的借口还是真正的理由？

你到底爱我吗？这个问题从十七岁起便纠结着我，至今为止我依然不知道答案应该是什么。

你把我搂进怀里，叹息。

"尚弼，你不快乐，是吗？"我仰起头问你。

你竟然不敢看我的眼睛，只是轻吻我的额头，但答案已经一清二楚。

我握着你的手，弱弱地说："退出娱乐圈好吗？我想，只要我们在一起，就会很幸福，我马上就毕业了，能找到好工作。"

你笑着叹息，摸摸我的头说："小天真。"

我继续犯傻："我不是天真，我是认真的呢。"

"别说傻话了，我的新专辑就要出了，还有我十月份的个人演唱会。"你说，"等着我去做的事情太多了，无论如何，我都要加油！所以，小秒针，你应该鼓励我才对的啊。"

“好吧。”我失望地说。

“等我，好不好？”你伸出一根手指，轻抚过我的脸颊，低声说，“我要给你一辈子的幸福才行啊。”

我笑着点头，却心如刀割。

尚弼，了解你的人莫若我，我知道你是不会放弃的，在理想和爱情面前，后者永远都不会在你心中排到第一去。

而我的选择，依然还是无条件地成全你。

（15）

我们回到北京，你助理来接你，从特殊通道出去。而我却和无数普通人一样拖着行李箱往外面走。分别的那一刻，你重新戴上墨镜，转头对我挥手。

我觉得有些酸涩，低下头加快了步伐。我不要你看见我哭。

过去的几日就像梦，我们仿佛并不曾有过重遇。从你转身那刻，你的爱又变成远远天边的星辰，偶尔很亮，偶尔很暗。

或许，这就是我们既定的命运？

我知道刘采采要来接你。你说了，你们要一起去彩排，她是你演唱会的嘉宾，你叫我不要多想。

但我怎么可以不多想呢？

我低着头刚走出机场大门，有人撞了一下我的胳膊，我转头，竟意外地看见范小九，他手捏一张超大的豪华面巾纸，将它递到我面前，用朗诵般的语气对我说道："恭候多时。"

我惊呆了："你怎么会在这里？"

"我在你身上装了跟踪器。"他没一句真话，"不过我也失算，以为你会泪流满面。"

他依旧没开车，而是带我打车回家。一路上，我们都没说什么话，下车的时候，我抢着付车钱，他只是摇头，并没有强求。

我打开门，发现家里打扫得很干净，只是方蹭蹭所有的东西都不见了。茶几上有一大束新鲜的花，开得正艳，不用说，那一定是范小九的杰作。

"方蹭蹭买的。"范小九说，"她说有花喜气点。"

"她去哪里了？"我问。

"我们又在一起了。"范小九把我的行李放到客厅中央，"很意外，是吧？"

我终于问他："你怎么知道我会在机场？"

"有人告诉我的呗。"范小九有些吞吐，"是这样的，有件事一直忘了告诉你，刘采采，就是我同父异母的那个姐姐。"

什么？姐姐？一出戏都不会这么巧。

"这些天没那小子的消息，她都快疯了，恨不得把你切碎。"范小九说，"我担心她大闹机场，所以才跑去护驾，没想到多此一举。"

"你撒谎。"我面对他说，"刘采采才不会把我当成什么对手。"

"呵呵。"范小九笑，"我要是告诉你，她为了研究你而彻夜不眠，你一定不会相信，但这真的是事实。"

“为什么研究我？”

“你这么聪明，还用问吗？当然是因为她喜欢的男人喜欢你。在尚弼的钱包里，一直放着你们小时候的合影。采采给他换了五次新钱包，可那张照片却一直都没被换走过。这简直成为她的心病，每每提起，必歇斯底里。”

是这样吗？

我从没碰过你的钱包，当然不会知道。

但我相信这一次范小九不是在撒谎。

“知道我为什么放弃对你的追求吗？”范小九说，“拍摄那天虽然我还不了解你的故事，但我已经知道你喜欢他，你只需看他一眼就激动到全身发抖，我在他面前只能甘拜下风。”

“不说这些了，好吗？”我对范小九说，“我太累了，想一个人静一静。”

范小九离开的时候对我说：“其实，很多人都不能和自己最爱的那个人生活在一起的。不同的是，有人认命，有人却相信奇迹会出现。就像我和刘采采。”

“对她好些。”我说，“我说方蹭蹭，要不就离开她。”

“我知道。”范小九说，“无论如何，我也要争取做一个负责任的男人。”

我相信他的话是出自真心。只是尚弼，你的责任心到底放在哪一边的呢？

你看，这个世界，有那么多的巧合，这个世界上的爱情，都有那么多附加的东西，但它们总是存在得合情合理让人无话可说。只是我没法学会妥协，我不要当小三儿，我不要等待，我只要正大光明地和你在一起。

哪怕我付出的代价，是从此永远失去。

（16）

十月十号，你的演唱会。

在这之前，我们已经有好长时间没有联系。

只是我该不该告诉你，那天晚上，我去现场了呢。

这些天，我换了手机号，换了实习单位，换了房子，换了发型，换了心情。我并不是要逃避，我只是想让自己宛若新生。我的确想换一种生活，做这一切，只想对我这份永远剪不断理还乱的初恋做一次彻底的洗礼和告别。

但是这场演唱会，我当然不会忘记。

我买的不是最好的票，离你很远很远。但没关系。你的样子你的轮廓，早就烂熟于我心，而且，我还看到了方蹭蹭和范小九，他们坐在贵宾席上，我从大荧幕里看到镜头对准方蹭蹭，她的脸上恢复了神采，双颊饱满而红润，不知道是因为搽了胭脂还是因为兴奋。她兴高采烈地舞动着一条红色的围巾，为你尖叫。范小九护着她的肩膀，站在她身边傻笑。没人知道他们的过去，那些不愉快或许连他们自己都已经忘掉。至少现在看上去，他们是那么相亲相爱的一对，令人羡慕。

你唱的最后一首歌，是你新专辑里的主打，叫《唱情歌》。

“秒针滴滴答答，记录爱的每个镜头，清晨起床做早餐，黄昏陪你去散步，只要你愿意，为你天天唱情歌。为你练习五线谱，为你练习不发火，为你练习洗衣服，为你吃苦不算苦……”

悠扬的旋律，朗朗上口的歌词，很快全场就能陪你一起唱和，我在环形体育场的小角落里，也无声地为你挥舞荧光棒。

很大的摄像机从这头扫到那头，这首温暖动人的情歌，让所有的观众都站了起来，跟着音乐，轻轻摇摆，陶醉其中。

我的前面站着一道人墙，我踮起脚也看不见你的脸，索性闭起眼睛，眼前浮现的是多年前和你头靠头躺在床上听同一首歌时的情景。那时，只有我一个人陪在你身边。

现在，当全世界都陪你的时候，你是否有过一个瞬间，记起我闭着眼陶醉在那旧乐队的旧歌曲时的傻傻笑脸呢？

“这是今晚最后一首歌，”你在间奏响起时说，“我用了十二万分的真心来演唱。你在哪里？你听见了吗？”

台下的尖叫声撕心裂肺，站在我前面的女生甚至激动地失声痛哭。“我在这里！这里！”好多声音同时在我耳边响起，此刻的你被崇拜，被拥戴，你只需把手放在耳后，便有人更加奋力地把呼唤和爱意传递给你。而你的那句话，究竟是说给你的万千歌迷，还是说给我一个人的呢？

不管你说给谁听，此刻我心里的呼喊和依恋，穿越万千站在我前面的人们，穿越丛丛斑驳的光影，穿越横隔在我们之间的一切阻碍，也要不顾一切地赠给你。

这是你的首场个人演唱会，舞台华丽，歌迷疯狂。你奋斗了这么多年，终于实现了你的梦想。尚弼，我好为你高兴，真的。

你颔首谢幕，我想象你看见了我。

刘采采上台为你献花，你们当众拥抱，她巧笑嫣然，你深情款款。这是世人最愿意看到的一幕，王子公主，情投意合，爱情穿上最华美的外袍。我明白，当你满足了大家的欲望，更多的拥戴和支持，更多的鲜花和掌声，便会像潮水一般涌来。

尚弼，那一刻，我不嫉妒，真的。我心里干干净净，一点醋意也没有。因为我始终相信，那首歌，是你唱给我的，唱给我们曾经有过的年少时光，唱给那些不能忘却的爱的纪念，唱给你岁月钟盘上最柔软最纯洁最脆弱的那根小秒针。

这样，就很好哦。

如果哪天电台播放这首歌，我一定和你一起轻轻唱。

就仿佛，我们再次相见了一样。

尾声：

我们并没有分开，因为我说再见的时候你听不见。

边走边爱

亲爱的

我又开始没日没夜地听歌了

我又只能一个人过马路了

想起你的时候

我已经学会不哭了

我的头发长长了

我把旧T恤扔掉了

我过上全新的日子了

当鼻尖最后一颗痘痘消失掉

我知道

我终于把你曾给我的爱情

还给记忆了

（1）

我在左边的耳朵打了两个耳洞，有微微的红肿。我穿从丽江淘来的苗族姑娘的短裙，有一个一个手工缀上去的亮片。我清晨醒来听王筝的歌，她唱：我们都是好孩子 / 异想天开的孩子 / 相信爱 / 灿烂得可以永远啊……

我离开木木四十八个小时。

他没有给我打电话，也没有给我发短消息。我走的时候，他正在熟睡，我给他留了一张字条，上面写了五个字：我们分手吧。然后我就昂首挺胸地走出了他的屋子。那时是清晨六点多钟，夏天的阳光已经势不可挡，我拦了一辆出租车，跟司机说："我要去长江大桥。"

我以前跟木木说过很多次："你哪天不要我了，我就从长江大桥上跳下去。"

可是车子开到半路的时候，我改了口，我让司机在一家麦当劳前面停了车。我进去要了一大堆的东西，但其实我吃不下，我只是不停地喝着那一大杯超大的可乐，一面喝一面想：我是不是该趁木木醒来之前回去，撕掉那张字条，当作什么也没有发生呢？

别骂我，其实认识木木以后，我一直都是这样一个没出息的女孩。

但我最终没有回去，我灰溜溜地喝完了那一大杯可乐，灰溜溜地回到了宿舍，躺在床上灰溜溜地哭了。不可否认的是，我们有过很汹涌的爱情，他宠我的时候，连我的舍友都看不过去。比如他会每天下班后绕道来学校看我，比如他会把削好的苹果一片一片往我嘴里送，比如他会在出差的时候每晚给我打一个多小时的电话然后带回一大堆让我眼花缭乱的礼物。我曾经是他的天，他的地，他的宝贝和整个世界。但是忽然有一天我却什么都不是了，他爱上了别的女孩。天翻地覆，一念之间。

更何况，我的情敌可不是一个一般的人。她是一个名人，女主播。有个让人浮想联翩的艺名叫：妞妞。

我只是在电视上见过妞妞。她和木木怎么认识的我也一无所知，我所知道的只是一个残酷的事实，那就是，我在不知不觉中，被这个叫妞妞的美女 PK 出局了。我的舍友在商场做化妆品推销员的时候见过他们，他给她买了一千多元的化妆品，并毫无怨言地替她拎着她的 LV 小包包。我室友跟我描述这一切的时候，尽管看上去为我气愤不已，却也难掩她内心的幸灾乐祸。

谁都会嫉妒曾经的木木和曾经的我。这是肯定的。

但现在一切说变就变了，“失败”这两个字写到额头上，就是耻辱。

更耻辱的是，我求过木木，我让他好好考虑一下他和女主播的将来，未必比和我在一起更加美好。木木没有表态，他只是木着一张脸看着我，看得我心碎。

只是在我走的时候，木木才说：“我送你吧。天黑了。”

我努力微笑，希望留给他的最后印象不是失败的。

我清楚自己已经被取代，木木的心里留给我的，早已经不是爱，不过是温柔的慈悲。就这样，七月到来的时候，我没有选择地成了一个失恋的女子。随之而来的就是漫长的暑假，没有木木，我就没有了留在这个城市的任何理由。我收拾好行装准备去度假，我捏着火车票不甘心地想，就这样吗？就这样甘愿退出吗？就这样让他毫无愧疚地迎接新的幸福吗？我是不是应该干点什么呢？

对，干点什么。

这一切就像木木的口头禅，头都掉了，还护什么耳朵？反正都一无所有了，我还怕干点什么呢？

我打了木木的电话。第一次没接，第二次很快接了，用一种公事公办的口吻："喂？"

"我是许悄悄。"我说。

"噢。"他说，"我知道。"

"我要去旅游，今晚的火车，行李太多了，你能送送我吗？"

"晚上几点的车呢？"

"九点四十。"

那边犹豫了一下："我今晚有点事，尽量吧。"

"我在宿舍等你。"我说完，不给他再推脱的理由，迅速地挂了电话。

我对木木还是了解的，他虽然绝情，但面子上的功夫还是喜欢做足。八点钟的时候，木木果然来了。他没有上我的宿舍，而是给我电话，告诉我他在楼下等。我拖着我的大包下楼，他迎上来，替我把行李接过去，问我："拿这么多东西干吗呢？"

"去的时间长啊。"我用尽量轻快的口气答道，仿佛一切都没有发生过。

“那我们走吧。”他说，“车停在校门口。”

他并不问我要去哪里。

他居然开上了新车，一辆蓝色的马六，不知道是不是女主播赞助的。木木替我把行李扔进后备厢，再替我把车门打开，对我说：“来，上车。”

我低下头上了车。看到车子前面的那瓶小小的香水，木木从不用香水，他对香水过敏。所以我断定这香水不是他的。

“朋友的车。”木木说，“借来开两天。”

“是妞妞的吗？”我问。

木木不吱声，发动了车子。

我挑衅地说：“她可知道你用她的车送你的前女友去火车站？”

木木还是容忍着，没说话。

我微笑着说：“对不起，能借你的手机用一下吗，我的手机没电了，我要打个电话让我朋友来车站接我。”

他从口袋里把手机掏出来递给了我。

我埋下头，很快在里面找到那个我想找的电话。然后我拨通了它。一个甜美的声音很快从电话那边传来：“亲爱的……”

“叫得这么亲热，说，你到底是林木木的什么人！”问完，我把手机挂了，把它递回给木木，笑笑说：“你看我真不小心，把电话拨错了。”

木木一脸惊愕，他一把抢过电话，把车停在了路边。

女主播的电话很快打了回来。

木木迟疑了半天才敢接，结结巴巴地说："没事啊，没事啊，这样吧，我一会儿打给你。"

说完，他挂了电话，用一种吓人的眼光看着我。一副我就要死定了的狠样。

女主播的电话又打了过来。

林木木咬牙切齿："许悄悄，你这样子有意思吗？你觉得很有劲吗？"

"是的。"我哈哈大笑。

"变态。"他骂我。

我豁出去了："林木木，你听好了，我知道这样做很没意思，我也知道这样做很没劲。我只是玩玩，开开心而已。我要告诉你的是，我真幸运，能被你抛弃。因为你这样的衰人，实在不配跟我在一起过一辈子！"

说完，我当机立断地下了车，从后备厢里拖出我的行李，意气风发地拦住了一辆出租车，扬长而去。

林木木那张黑着的脸完美定格在我的记忆里。

让他慢慢去跟女主播解释去吧。

是他先辜负了我，我不过是以牙还牙。这没什么不对的。

可是我并没有胜利的感觉，我躺在火车上铺上一直哭一直哭，离开是一点一点的割舍，疼痛在所难免。

而木木，你应该知道，我是那么怕疼的一个女孩，你真的就放心我吗？

（2）

我要去的地方，是成都。

我从来都没有去过，但我听说过无数次，因为那里，是木木的老家。

我坐了一天的火车才到达成都，当晚，我拎着行李去了乔大爷家。他是我在四川认得的唯一一个朋友，我的旧日同窗，在成都读大学，不过已经毕业了。他执意要留在成都，说那是人间最美的地方。

木木说过一样的话，所以，我一定要去成都。

可是再见到乔大爷的时候我差点没认出他来。

他留了胡子，看上去像个古代的侠士。他的眼睛好像变得更小了，眯成一道小缝。脸上有块小小的疤，看不出是因为什么留下的。总之，乔大爷已经不是当年的乔大爷了，我哭笑不得地站在他面前，怀念他穿着干净的白衬衫留着平头在我旁边大声朗读的旧日模样。

“我变了吧？”他吐出一句废话。

“哦耶。”我说，“可喜可贺。”

他没三没四地把手搭到我肩上来，一口半调子四川话：“欢迎来到美丽的人间天堂成都，走，哥哥请你喝酒去。”

我没有甩开他。乔大爷的手掌带着温热贴在我的肩上，让我有些晕乎乎。但向上帝发誓我并没有胡思乱想，乔大爷和我青梅竹马，我们要真有什么，十四岁那年，该发生的就全部发生了。

但那晚其实是我请乔大爷喝酒，他告诉我他所有的钱都拿来买了一幅自己喜欢的画，身上只有一块钱硬币。我则把我所有的钱都拿出来请他喝了酒，乔大爷一面喝一面说："许悄悄，这么多年了，还是你最够哥们儿！"

乔大爷喜欢画画，可是他学的是一个跟画画毫无关系的很没有前途的专业，大专，比我早毕业一年，已经离开了学校。我问他："工作找好了吗？"

他朝我吹胡子瞪眼睛："喝酒的时候不许说不开心的事！"

其实我们都不知道该去向何方。这么一想，我的眼泪忽然就掉下来了，我想起了我的木木，想起我们在一起甜蜜的日子，想起他说要在南京替我买个带大大露台的房子，想起他许给我最美好的诺言，可是他说不要我就不要我了。

他说不要我就不要我了。

除了来他的老家，找寻他成长的痕迹，我还没想好我该去哪里。

"你哭了？"乔大爷用手里的空酒杯来照我的脸，"许悄悄不会吧，你真的哭了？"

破罐子破摔，我就哇哇大哭了起来。

乔大爷赶紧放下酒杯，坐到我身边来，问我说："许悄悄你哭啥呢？是不是怪我喝太多了，是不是你心疼钱了？"

我抓住乔大爷的袖子擦我的眼泪，程咬金就在这时候杀了出来，一个小悍妇，用力把乔大爷一扯说："乔亮亮，你说，她是谁？"

乔大爷定定神，把我肩膀一搂说："我媳妇。"

小悍妇突然就不悍了，静静地站在那里，眼睛里含着泪水看着我们，一动不动。

“别开玩笑了。”我把乔大爷的胳膊从我的肩上拿下去，冲那女孩说，“坐，姐姐请你喝酒。”

女孩就真的在我们对面坐了下来。

“你哭什么？”女孩说，“老乔他欺负你了吗？”

“是。”乔大爷胡说八道，“你看她哭得梨花带雨，心碎至极，生不如死，痛不欲生。这不就是活生生的前车之鉴，所以，扣扣同学，你最好离我远点。”

“我没看出来。”女生说，“装哭谁不会啊。”

晕。

“喝什么？”我维持我的礼貌招呼她。

“白威，再来点冰块。”她说。

“那你们喝。”乔大爷说，“我撤！”

“乔亮亮你给我坐下。”我大声呵斥他，“有什么事就说清楚呗，你这样不像个男人。”

“对哦，对哦。”扣扣拼命点头。

“我要去拉屎。”乔大爷满脸无辜地说完这句话，人像炮弹一样飞去厕所了。留下我和小悍妇，哦不，应该叫作辣妹子，面对面地坐着。

十秒钟后，审讯开始。

“你叫什么？”她问我。

“许悄悄。”

“悄悄，就是偷偷摸摸的意思？”

“差不多吧。”我说。

“你知不知道偷偷摸摸抢走人家男朋友是可耻的？”她的大眼睛对着我，像警察叔叔对犯人一样地循循善诱。

这个……我当然知道。

“你叫扣扣？”

“对。”她说，“纽扣的扣。”

“好名字。”我说，“你应该把乔亮亮扣起来。”

“我很爱他。”她强调说，“我不能没有他。”

“你多大了？”我问她。

“十七。”她说。

“哈哈。”我笑，乔大爷真有他的一套。

“你笑什么？”她说，“他只比我大三岁半而已。”

我实在忍不住八卦：“你喜欢他什么？”

“帅。”她说，“你不觉得他像韩国的 XXX？有一回他在我们学校门口，我们学校的女生都尖叫！那场面，真是……”

“妹妹，”我说，“帅不能当饭吃。”

更何况，乔大爷和“帅”字的哪一画都靠不上边。

“怎么不能？”她拿眼睛瞪我，“明星的钱不要太多哦。”

得，话不投机半句多。我起身，收拾我的东西，买单，准备先行离开。乔大爷估计正躲在卫生间里一面抽烟一面想着对策，我对他略有同情，不知道他如何招惹上这十七岁的小姑娘，若是纠缠起来，自然是没命的。

由于白日下了一场雨，这个夏夜不似传说中那般让人烦躁，我沿着大街慢慢往前走，想找一家银行的自动取款机取点钱。经过一家婚纱店，店已关门，玻璃橱窗内的模特儿高贵地笑着，白色的婚纱刺痛我的眼睛。我只有一年就毕业了，木木曾经说过，要带我到西藏去结婚，给我最特别的婚礼。木木是专职的策划人，我毫不怀疑他的策划能力，就连我们的分手，他也策划得可圈可点，出轨的是他，离开的是我，怎能让人不服气。

我在橱窗里看到我自己略带憔悴的脸，长时间睡不好，皮肤发黑，鼻子上有痘痘，下巴上有明显的暗疮。然后我就忽然看到了她，穿了绿色的裙子，含着一根冰棒，站得远远地看着我。

我继续往前走，大约五分钟后，我确定她是在跟踪我。

我在街角站住了。她也站住了，冰棒已经吃完，木棒扔向空中，划一道弧线，消失了。

我看着她，她装作没看到我，脸转到一边。等她再转过头来的时候，我朝她招招手，她立刻奔过来，歪着头，笑眯眯地看着我，问我："老乔呢？"

我耸耸肩："你怎么不守着卫生间的门？"

"他跳窗走了。"

我哈哈笑，没想到一向光明磊落的乔大爷泡小妹妹的结局竟是如此狼狈，沦落到翻窗而逃的地步。笑完后我对她说："扣扣妹妹，你跟着我没用，我也不知道老乔会在哪里。”

“你可以给他打电话。”她提醒我。

“可我为什么要给他打电话？”

“因为我要找他。”

真是没法跟她对话。我只好说：“你作业可做完了？”

“姐姐，”她说，“我求你，我下一分钟就非要见到他不可，不然，我会死掉的。”

吓人也不是这种吓法，我拍拍她的肩：“乖，先回家，要相信，在该出现的时候，他自然会出现的。”

“你这是什么话！”她气愤地说，“我又不是三岁小孩子！”

我下定决心不再理她。转身要走的时候，却看到她蹲下来，抱住双膝，开始痛哭。

“喂。”我拍拍她的肩，“你没事吧？不用这样子的吧？”

她越哭越伤心，好半天才抬起头来，用红肿的眼睛对着我：“姐姐，求求你告诉我，我该怎么办？”

“你到底想干什么？”我不耐烦地问她。

她站起身来，咬着左手的手指头，右手轻轻放在肚子上，轻声对我说：“我在想，我是不是该打掉这个孩子？”

我惊讶地看着她：“你说什么？”

“我怀了老乔的孩子。”她说。

我的天，这个天杀的老乔！

（3）

虽说自身难保，但出于对不负责任的男性的痛恨，我决定陪扣扣去找老乔要个说法。

扣扣带我坐公车。公车上，她歪着脖子问我："你喜欢老乔什么还没告诉我呢！"

"我们只是老同学。"

"才不信。"她说，"我亲眼看到你趴在他身上哭。"

呵，跳进府南河也洗不清。

"你很漂亮。"扣扣说，"你是男生都喜欢的那种女生。"

"闭嘴。"我呵斥她。

她委屈地闭嘴，头转向窗外。十七路车摇摇晃晃，我看着十七岁的年轻无敌的扣扣，想念我自己的十七岁。那时候我还没有遇到木木，我常常幻想自己的男朋友是什么样子，后来木木出现，与梦中的那个他完美契合，那次他来我们学校替我们组织一次配音大赛，我配的是《简爱》的片段，拿了第一名。活动结束后他请我去喝咖啡，结果我们喝的是红酒，喝完红酒后他吻了我，我们连暧昧的时间都没有就直接跌入恋爱。我在QQ上找我和木木的合影给老乔看，老乔当时只说了一句话："恭喜你美梦成真。"

老乔是知道我的。就像我知道他，他对扣扣的错应该是无心犯下，所以，好好解决问题才是最好的方法。

下了公车，扣扣领着我一路前行，到了老乔的出租屋，门敲不开。

“奶奶的！”扣扣边骂边不顾一切地踢门，“乔亮亮你给我出来，你别躲着不见我，乔亮亮你给我出来，我们把账算清楚！”

辣妹子就是辣妹子，真有两下子！

我奋力拉住扣扣，她终于冷静，用绝望的眼神看我，捂住脸自言自语：“他为什么这么不喜欢我？”

我看到眼泪从她的指缝里缓缓流出。

我拿出钥匙来开门。

她停止哭泣，瞪大眼睛看着我，一面跟我进屋一面高声嚷嚷“你，你，你们这么快就同居了？”

我实在好奇：“老乔怎么沾上的你？”

“他是我们实习老师的好朋友。有一次要画一幅画，请我去做模特儿。后来我请他去喝咖啡……”

也是喝咖啡。

“谁请谁喝咖啡？”我问。

“我请。”扣扣说，“我还替他付过房租，交过电话费，我每月一千元的零花钱，几乎全花到他身上。”

“你爹真有钱。”我哼哼。

“我偷的。”扣扣说，“你信不信，有次被逼急了，我还去坐过台。”

我大惊：“何谓逼急？”

“他看上一幅画，要两千元。如果不买，第二天就要被人买走。”

我拖着扣扣就走："这样的男人，你趁早离他远些。走吧，我带你去医院。"

"我不。"扣扣说，"我要在这里等他回来。"

我指着屋里说："你等他有何用，现在兴许有别的人为他去偷，去抢，去坐台，你趁早脱身，才是上上上策。"

"可我一定要见到他。"扣扣说，"见到他，我才死心。"

"那好吧。"我说，"你在这里等，我走。"

"你还回来吗？"她问。

"不用你操心。"

"哦。"她说，"你就这样丢下我。"

我打击她："你这样下去，全世界都会丢下你。"

她瞪圆眼睛看着我。我终于狠下心，转身离去。

"喂喂喂，"她追出来，"你要在这里等乔大爷啊，他见不到你会要我命的，喂喂喂，要不我陪你出去逛撒……"

我没回头，她的声音渐渐消失不见。

（4）

我流浪在成都的街头。

我想我还是忘不了木木。

这是七月末温热的夏夜，去年此时，木木还说，等到有时间了，要带我回老家，让他爸爸妈妈看看他们的儿媳妇。他的誓言统统没实现，我还站在原地不忍离开，真的是太傻。

我站在街上独自看星星的时候，好不容易缝补好的心又稀里哗啦地义无反顾地碎了。我拿起我的手机，想跟木木打一个电话，我犹豫来犹豫去，电话没打通的时候，老乔的电话进来了。

“悄悄，”他说，“你去哪里了？”

“闲逛。”

“噢，急死我了。”他说，“过来我们去K歌吧。今天有人请客。”

“你家里有个等着取你命的小丫头，你还有心情唱歌吗？”我说。

“喂！”他喊，“你真相信我跟那小丫头有什么啊，你要是被她缠过，也会跑的，她是蜘蛛精，要人命的那种。”

我笑。

“你在哪里，我来接你。”老乔在那边喊，“我陪你玩去，与其默默流泪，不如放纵买醉。”

我觉得老乔的话是对的，我把今晚混过去，就不用给木木打电话出丑了。我坐在双楠一家小店的门口等老乔，十五分钟后，他出现在我面前。

他问我：“真的失恋？”

我没吱声。

他说：“也好，可以再找无数帅哥。”说完他转身，我跟着他走。过马路的时候，他伸手过来牵我，我任他牵。过了马路，他看看天，问我说：“你想去唱歌吗？”

“一般。”我说。

“要不我陪你走走也行。”他说，“就是有点热。”

“我想给他打电话，我觉得我熬不住了。”我焦躁不安地说，“老乔你给我一根烟。”

“没有。”他说。

“那我该怎么办？”

“戒。”老乔说，“戒爱，戒烟，这是唯一的方式。”

“我还是打吧。”我说。

“你把电话给我。”他说，“我替你打。”

我真的把电话递给他，他接过，替我把电池拿掉，再把手机还给我。

“还我。”我说。

“不。”

“还我。”

“不。”

“你到底要干吗？”

他眨巴着眼睛：“我想做一件十年前不敢做的事。”

“什么事？”

“我想追求你。”乔大爷说，“我发过誓，你要是失恋，我就追求你。”

我笑：“十年前你多大？”

“十一岁不到。”老乔说，“你背着一个小红书包，坐到我边上来，绷着脸看我，耳朵很白，很透明，说话声音甜得要命，我那时候就想追你。”

我才不信他。

“我是真的。”他说，“明天我就发奋图强。噢不，其实我一直在发奋图强。”

“老乔，我不会爱上你的。”我说，“我是二十岁的许悄悄，不是十七岁的扣扣。”

他说：“我以为你会感动，然后忘了他。”

我看着老乔，我知道他是在安慰我。我挤出一个笑脸对着他：“放心吧，我虽然不再是花季少女，但这辈子还是能找到一个愿意养我的男人的。”

“那走吧。”他拍拍我的头，“我们还是去K歌。”

我和老乔一路走到麦乐迪，发现扣扣正在门口伸长了脖子张望。见了我们，飞奔过来，把老乔一拉说：“你终于来了，你终于来了！”

她视我如空气。

老乔把我一搂：“说好了让我带女朋友来的。”

“好吧。”扣扣朝我挤眼，伸手，“礼物呢？”

我耸耸肩。

原来那天是扣扣十七岁的生日，请了一大帮的男生女生。我和老乔进去的时候，有女生冲着他吹口哨，老乔多少有些不自在。我倒是比他放松，在他们吵吵闹闹的时候我点歌唱起来：在夜深人静的时候想起他／送的那些花／还说过一些撕心裂肺的情话／赌一把幸福的筹码／在人来人往的街头想起他／他现在好吗／可我没有

能给你 / 想要的回答 / 可是你一定要幸福啊……

一首新歌，上火车前放到我的 iPod 里，刚学会。我是动了真感情在唱。只可惜除了我自己，没有人在听。

却没想到刚唱完，有人给我端来一杯茶，对我说："胖大海，润嗓子的。"

我转眼，看到一个清秀得不像话的男子，正对我微笑。

"谢谢。"我说。

他恭维我："你唱得很好，应该去参加《超级女声》。"

"超级老太可以考虑。"我说。

"你并不老。"他说，"我叫瑞奇，你呢？"

连名字都这么女生。

我逗他说："我叫马丁。"

他笑："那我们是天生一对。"

原来现在的男生女生都是这么猛的。我喝一口他递给我的茶，不知道该怎么接话，他又忽然问我："失恋滋味是什么样的？"

我一惊："你怎知我失恋？"

"你的歌。"他说，"我听出来了。"

我哈哈笑，转头看扎在女生堆里的老乔，他也正在拿眼睛瞟我，我冲他做鬼脸，他忽然站起身来，拿起话筒，深情地说："我要宣布一件事，大家听好了。"

有女生起身，把音响也关掉了。包厢里安静下来，大家都等着老乔开口。

老乔说：“我宣布，我爱许悄悄。爱她十年了。”

包厢里继续安静了三秒钟，然后传出的是扣扣连绵不绝的尖叫。那尖叫声夹着哭声，长达一分多钟，绕梁不绝。直到瑞奇忍无可忍，起身捂住了她的嘴。

（5）

夜里十二点的时候，老乔喝醉了。

喝醉了的他开始唱歌，从《三万英尺》一直到《一无所有》，一首比一首经典。我在他的口袋里把手机电池偷出来，装好，终于忍不住给木木打电话。

木木没有接我的电话。

我又发短信：在干吗呢？我很想你。

他当然是不会回的。

我不甘心，就一个一个地打过去，事到如今，就算他不接，吵到他也是好的。

有人坐到我身边来：“别打了，他不接就一直不会接的。”

又是瑞奇！

我把手机一收，看着他说：“不关你的事。”

他耸耸肩，忽然问我：“想不想出去玩？”

我警觉地问：“去哪里？”

“你怕？”他挑挑眉。

嘿，一个小毛孩，我怕什么怕。

“我先出门。”他说，“在大门口等你。”说完，他起身，很快消失不见。老乔还在声嘶力竭，这回换了动力火车：“冲动，我的手在发抖，爱情路是那么陡走了好久没尽头，你选择走我选择留……”

鬼使神差般，我跟着瑞奇走了出去。

至少，他是个漂亮男孩，我在心里这么想。

我走到麦乐迪的大门口，看到瑞奇，他靠在门边，在吸烟。见了我，朝我招招手，我走近了，他扔掉烟头问我：“我们换个安静的地方如何？”

“好。”我说。

“OK.”他伸出手拉住我，和我一起走到路边去拦车。瑞奇的手干净、柔软，被一个陌生男子拉住的滋味是很奇怪的，但我没有推开他。我宁愿这些日子是在做梦，梦醒来，木木还在我身边，还会深情地对我说：“悄悄，我会宠你一辈子的。”

我们坐上的士，成都的出租车司机把出租开得像赛车，电台在放莫文蔚的歌，一个性感的嗓子，忽悠悠地唱：“若不是因为爱着你，怎么会夜深没睡意……”夜真的已经深了，我在一个陌生的城市，和一个陌生的男人，去向一个陌生的地方。不是梦，是什么呢？

四十分钟后，我们到达一个小区，小区内全是花园洋房，瑞奇拿出钥匙来开了门，转身对我说：“请进。”

我进去，换了鞋。

环顾四周，更相信我自己是掉进了梦里。

他问我："愿意上二楼看一下吗，我的卧室。"

一切来得太快了吧，我的面部表情开始僵硬，他看出我的心思，歪着嘴，坏坏地笑起来："我只是有样东西想给你看一下，如果你感兴趣的话，请跟我来。"

我跟着瑞奇上了楼。

他把门一推开，我吓了一跳，墙上挂着的，居然是我的照片！

"我高价从老乔手里买来。"瑞奇说，"这幅画挂我在房间里半年多，我没想到，原来真的有人和她一模一样。"

原来那不是照片，是乔大爷替我画的画，那应该是十七岁的我，紧抿双唇，还不曾懂得爱情的酸甜苦辣，眼光清澈透明，整个世界不在话下。

"你是谁？"我问他。

他说："我正想问你。"

"我是许悄悄。"我说。

"我是瑞奇。"他说，"我在国外长大，一年前才回国。扣扣是我同父异母的妹妹，比我小三岁。"

我不相信他的话，盯着他看，我没见过男生有那么长的睫毛、那么好的皮肤，那么安静地呼吸。像是日韩漫画本里走出来的。我在猜，他是不是混血儿？

他微笑着问："你在看我？"

我笑。

他说：“你要小心。”

“为何？”

“女人看我三眼，都会爱上我。”

他说这话的时候一点儿都没笑，酷酷的样子，我伸出手，轻轻拍了一下他的脑门，这个孩子，果然是和扣扣一个家里走出来的。

他转头看画说：“见到你真人的时候，发现你比画上还要漂亮。”

“那你要小心。”我说。

“迟了。”他说，“我已经爱上你了。”

我哈哈笑。

我喜欢有智商的孩子，与其斗嘴也是一种乐趣。

他松口气说：“终于看见你笑。一直在猜，不知道你笑起来是什么样子。”

我岔开话题：“你从美国回来吗？”

他并不接招，而是继续说：“我也一直在猜，不知道是什么样的男人，可以让你失恋，让你这么难过。”

我走到窗边，电话就是在这时候响的。我有些惊慌，手机从口袋里掏出来的时候竟然掉在地上，瑞奇上前一步，替我捡起来，我看到“木木”两个字在屏幕上闪烁。

瑞奇善解人意地走出房间，还替我关上门。

我用颤抖的手把电话接起来，那边传来的却是一个陌生的女人的声音：“你是谁？”

我不知道该怎么答。

她开始骂："你一次一次打他的电话做什么？再这样，我告你骚扰！"

我逼自己冷静下来："你让木木接电话。"

"你去死！"她说，"他永远都不会接你的电话，你滚得越远越好！"

她咆哮完，把电话挂了。

我蹲下来，抱住自己，这就是木木找的新女朋友，瞧，木木就是为这样的一个女人抛弃了我。瞧，我就输给这样的一个俗人！我无法忍受内心的伤悲，呜咽起来。

直到瑞奇进门，他轻轻地走到我身边，我看到他的脚，穿着一双白色的拖鞋，木木也有过一双类似的拖鞋，但他不是木木，他是陌生的瑞奇。

陌生的瑞奇蹲下身来，轻轻地抱住了我。

他已经洗过澡了，我闻到他身上有淡淡的古龙水的味道。木木也有瓶这样的香水，但他不是木木，他是陌生的瑞奇。

陌生的瑞奇轻轻地抱住了我，轻声在我耳边说："乖，不伤心啊。"

（6）

那晚，我住在瑞奇家。

别乱想，我们之间什么都没有发生。只是喝了些红酒，我倒在沙发上，他靠在墙边，我听他说话。

他跟我讲他父亲和母亲的故事，他果然是混血儿，父亲是中国人，母亲是日本人。两年前，他们才知道父亲在中国还有别的女人，那个女人得病死了，留下扣扣，没人管，只好来找他爸爸。

"多像电视剧。"我唏嘘。

"很多时候，人生就如戏。"瑞奇说，"母亲接受不了，跟父亲离婚，回了日本。一年前，她自杀，死于抑郁。"

"那你父亲呢？"

瑞奇笑："他的生活永远不乏新的刺激。没空管我们。"

这个奇怪的家！

我忍不住多话："你们太放纵扣扣。"

瑞奇叹息："以后有机会，你会了解扣扣。其实我留下来，最大的原因也是因为想照顾她。她很寂寞，我也是。"

"噢。"我叹息，不知道说什么好。

"你呢？"他问我，"为什么如此伤心？"

"差不多一样的故事，我男朋友爱上别的女人。"我说。

他笑："那你还爱他吗？"

"不知道。"我咬咬牙说，"至少不会自杀，或者抑郁吧。"

他笑。

我的确不知道自己到底是不甘心输还是继续在爱着。

"听点音乐吧。"他起身，打开他房间小小的迷你音响，竟是小野丽莎的歌，《不可思议的蓝色雨伞》。

“我母亲最爱的音乐。”他说，“告诉你一件事你也许不信，你眉眼很像她，我买下这幅画，也是因为这个原因。她很美，只可惜走得太早，我最爱的人就是母亲，她是那样柔弱的一个人，与父亲吵架，声音也是轻轻的……”

我抱着双膝，耐心听他继续说。他好像很久不与人交谈，一开口就滔滔不绝。果然是个寂寞的孩子。

后来，不知道什么时候，我就歪在沙发上睡着了，醒来的时候是半夜，不见瑞奇，却看到扣扣，她端着我喝剩的那杯红酒，饶有兴趣地看着我。房间里只亮着一盏小灯，她的眼眸好似有些微蓝，像一只疲倦但依然充满斗志的猫，我吓得一激灵，人完全清醒过来。

见我醒了，她蹲到我面前来，眯起眼低声对我说：“许悄悄，你这个属狐狸精的，你说，你把瑞奇怎么样了？”

我惊讶地环顾四周。

“哈哈哈。”扣扣笑，“你一定吓着他了，把他吓跑了，是不是？”

我摸摸我的后颈：“我怎么睡着了？”

扣扣把左手举起来，手掌在脖子上一抹说：“我劝你，别喝瑞奇的红酒，要小心啦。”

我吓得从沙发上跳起来，拿了我的小包就往外走。身后传来扣扣夸张的笑声。天，我到底怎么了，吃了什么迷魂药，竟然做出这种匪夷所思的事情，跑到一个陌生人家里的沙发上睡了大半夜！

我怀着满心的恐惧急匆匆地下楼，没想到忽然撞到一个人身上，吓得我失声大叫。

是老乔。

他用怀疑的目光看着我说："你真的在这里？"

我拍拍他的肩。

他眼里有让我不忍对视的绝望。

有人在楼梯上面替我答话："她和瑞奇共度浪漫夜，你却不肯要我的十七岁，哈哈哈哈哈。"

是扣扣。

"别乱讲。"老乔说。

"我昨天十七岁！"扣扣大声喊，忽然就扑向他，"我恨你，我恨你，你说过会等我长大。我恨你，我恨你！许悄悄有什么好，我看来看去，她都没有我漂亮！"

"我们走吧。"老乔说，"我是专门来接你的。"

"不许走。"扣扣从楼上跑下来，抓住老乔说，"你不许走！"老乔试图推开她，扣扣像是疯了，连抓带踢，还一口咬向他的手臂。

他用力抓住扣扣的手，皱着眉头，转身吩咐我说："去，帮忙拿绳子。"

我迟疑着。

"我让你去！"他大声喊，"就在客厅的茶几下面。"

"不……"我被眼前的景象吓住，人不停地往后退。却见瑞奇不知道从哪里冒了出来，他手里拿着绳子，和老乔一起，合力绑住了扣扣。

"针。"老乔叫道。

我惊讶地看着他们往扣扣的手臂上打了一针。

扣扣还在叫："我恨你我恨你，我恨你们！"声音却越来越小，终于慢慢听不见，倒在瑞奇的怀里。

他们把扣扣抬回了房间，我觉得我应该走，可是我受到惊吓，已经挪不动我的步子。

瑞奇很快下来，对我说："对不起，悄悄，吓到你了，是吗？"

"我……我该走了。"我语无伦次地说，"天快亮了。"

"扣扣就是这样。"瑞奇沉重地说，"她的病，时好时坏，你知道吗？"

"你不用跟我解释。"我说。

"希望没吓到你。"他说，"我见你睡着了，在楼下看电视来着。"

"再见。"我说。

"我送你。"

"不。"我迅速说完，转身拉开大门，逃离了瑞奇的家。

清晨五点的成都雾蒙蒙的，老乔从后面追上来，拉住我的胳膊，我甩开他。他拦住我说："你别听扣扣的，我跟她什么事都没有！她是个特殊的孩子，你没看出来吗？"

"关我什么事呢？"我说。

"当然关你的事。"老乔说，"我爱你，我没有一天不在想你。你忽然说要到成都来，你知道我有多开心，过去的事情都过去了。我再说一次，我发过誓，你要是失恋，我一定会追求你，你听到没听到？"

我捂住自己的耳朵。

我什么都不要听到，我不要有新的开始，我还是希望旧的可以继续。

我的生活怎么了？怎么这么乱七八糟莫名其妙。

又或许，我该去庙里烧烧香！

（7）

我在老乔家睡了一天。

第二天清早，我跟老乔说我要出去走走，老乔要陪我，我说：“算了吧，你还是去工作吧。”

他刚才在电话里接了一个活儿，替一家单位画一幅广告画，我知道这对他来说很重要。

“那好吧。”他有些歉意地说，“争取晚上请你吃饭。”

“你忙你的，不用管我。”我告别老乔，背着我的小包出了门，在小区的门口，我捂住了嘴。是瑞奇，他站在那里，不知道等了多久。

我绕过他往前走，他拦住我。

“我有我的事。”我说。

“我可以陪你。”他说，“你想去哪儿？”

“你怎么知道我在这里？”我问他。

“当然有人告诉我。”

我气结：“扣扣如何了？”

“没事了。”瑞奇说，“别拿异样的眼光看她，她只是偶尔这样。”

“瑞奇，”我说，“你放心，我不会。只是，你别跟着我，好吗？”

他固执地说：“我可以陪你，成都我比你熟。”

“我要去都江堰。”我说。

“我也可以陪。”他笑起来，“你会发现，我是一个很好的向导。”

果然是一家人，和他妹妹一个样，超级无敌万能胶女生加超级无敌万能胶男生。不服也不行。

“那好。”我说，“我渴了，你先去给我买点喝的。我要冰红茶。”

“那好，你在这里等我。”他领命而去，眼见他的身影消失于前面一家超市，我急忙拦了一辆的士，逃一般地离开。

都江堰离成都不远，是个安静的小城。我坐大巴到达的时候是中午，天很热。我没有什么食欲，拦了一辆出租去找一条街，那是一条我常常听说但从没有见过的街，是木木从小长大的地方，还有他读的小学、中学，他喜欢去的面馆，他爱逛的书店……我要找的地方是那么多，也许听起来做起来都毫无意义，可我就是这样一个坚持的女孩，在别人走开的时候，坚持我自己的坚持。我想起昨晚电话里咆哮的那个声音，猜想木木过的日子，心里满是无法言说的痛。

如果他愿意，我真的可以给他幸福，只可惜他不肯要。

我终于到达那条街。那条木木在我耳边不止一次说起的街。那是一条老街，街道很窄，应该很多年都没有改变过，我看着陌生又熟悉的它，想象年少的木木背着发白的书包骑着单车从这里呼啸而过。那一瞬间，身边的喧嚣停止了，街上匆忙的人群和车流消失了。我仿佛听到了生命初始时在耳边徘徊的脚步声，我终于寻找到生命中那个与我契合的灵魂，感觉我们从未分开过。是没人能理解的吧，可这是我必须去做的没有意义的事，一场注定了空虚却必须继续的孤单旅行。

如果木木知道，是该嘲笑还是感动？

当我回转身的时候，我又看到了瑞奇。神出鬼没的瑞奇，好像从天而降。他牵动嘴角笑着，手里握着一瓶冰红茶。我怔在那里，他走近我，没有责怪，而是把冰红茶递到我面前，用温和的声音说："渴了吧，你瞧，你忘了它。"

"瑞奇……"我无语。

"你来这里，是在找什么吗？"他说。

"对不起。"我说。

他笑："你不用跟我道歉。其实也没有什么，我只是想跟着你。你知道吗，从我妈妈走后，已经有很久没有人好好听我说话了。昨晚虽然你睡着了，但我还是很感激。感激你那么耐心地听我说话，真的。"

我无奈地问："你们兄妹都是跟踪系毕业的？"

瑞奇像个孩子一样笑了起来，露出洁白的牙齿，脸上全是阳光的影子在晃动。我慢慢走近他，在温润的风里我看清他的笑容，干净得没有尘土，像脉络清晰的树叶轻轻飘落在我心里。他长得真的很好看，一个干干净净的男孩。我忽然有种奇怪的感觉，感觉自己仿佛是只在水上顺流漂下的蚂蚁，终于爬上一片新鲜的树叶，有机会被阳光融化。

“我费了好大劲，差一点儿就跟不上你了呢。”瑞奇笑。他的手指交叉在一起，长长的手指相扣着，散发出斯文明亮的气息。我喜欢那样的手指，是美好的。木木也有那样的手指。

后来我坚持要请瑞奇吃雪冰。他很乖地跟着我走进一家冷饮店。

我点了好几样雪冰，有苹果、葡萄和奇异果。苹果是鲜绿色的，葡萄是紫色，奇异果是淡绿色。三盘雪冰摆在我们面前，透明的碎冰和不同的颜色混合在一起。我熟练地拿起勺子，舀起上面点缀的红樱桃，一口吃掉，再搅拌。

“吃吧。”我对瑞奇说，“这是个好东西。”

“你好像很喜欢。”

“嗯。小的时候，我父母关系恶劣，每次吵完，爸爸都会出来抽烟。我就站在门外面看他。有钱的时候他就会带我去店里吃一盘雪冰。那时候一盘雪冰非常少，做得也没有现在的精致，而且很贵。每次我都吃得很小心翼翼，一点一滴都不会放过。爸爸是拿他自己的烟钱给我买的。他每次都不吃，只是看着我吃，眼睛里闪烁着慈祥的光，那时候我觉得他真正是个好父亲。可是，这样的日子没过多久，我爸和我妈大吵了一架，我爸背着东西走了。没看我一眼就走了。以后我再没见过他。而我妈呢，很快又改嫁了，她嫁的那个人很穷，我就再也吃不上雪冰了。后来，我把这个故事讲给我的男朋友听，那天晚上，他带我到冷饮店，给我买了十盘雪冰，把我搂在怀里，一匙一匙地喂给我吃。从来都没有人这样宠过我，你知道吗？我那时候就想，我要一辈子，好好地对他，给他洗衣服，做饭，照顾他一辈子，可是他却跟我分手……”

我说了那么多，眼泪滴到雪冰里。

我也从来没有跟人说过那么多。

瑞奇坐到我身边来，把我拥入怀里，用餐巾纸细心地替我擦掉眼泪。但他的怀抱和木木是不一样的，失去木木，我的心已经失去“动”的能力，开始变得平淡，开始忘记这个世界还有爱情。

我和瑞奇，只是两个寂寞的人，互相依靠。

仅此而已。

（8）

我在都江堰住了三天。

我坚持着不接老乔的电话。他改为发信息:“臭丫头，我担心你。”

我回他三个字：“我很好。”便不再理他。

瑞奇很迁就我，陪我住廉价的小旅馆，吃饭AA制，顶着烈日走很多路，看我拍照、喝水或是发呆。这个男孩就像一个奇怪安静的影子，游进我的生活。我开始慢慢习惯他，走路的时候，偶尔不见他的时候，学会回过头去找寻他。

第三天的晚上，他终于来敲我的门。我拉开门，看到他站在门口，手里拿了一只红苹果，苍白的唇。

“我在前面的超市找到它，你看，这么大的苹果。”他说，“我削给你吃，好吗？”

我让他进来。

他问我：“你有刀吗？”

我转身到旅行袋里去找我的小水果刀，却没想到他会从后面一把抱住我，低声说：“悄悄，做我的女朋友，好吗？”

我想挣脱他，可是他抱得越来越紧。我只好不动，他总算安静些，却还是不肯放开我。我闻到他身上淡淡的古龙水的味道。我对自己说：就这样吧，随便他吧。

但他并没有下一步的动作，他只是紧紧地抱着我，在我耳边低语：“你要如何才能爱上我呢？”

我的心柔软地过了一阵电，于是我转过身，抚摸他的脸颊，房间里的灯很暗。我们是两个无助的孩子，一个是不能再爱的孩子，一个是得不到爱的孩子。他单薄冰凉的身体贴着我，我能听到他的心跳，想象沉沦的味道，可是我做不到，我做不到，我们只是才相识的朋友。我狠下心推开他，听到他有些绝望地轻轻地呜了一声。

我拿起我的包，迅速地出了门。

我走到一家白日里见过的酒吧，酒吧有个很好听的名字，叫“阿伦故事”。我坐到里面，给自己要了一大杯啤酒。我觉得我喝得有点多了的时候，一个年轻的男人走近我。他冲我笑着，脸上有被时间放纵拖累的痕迹。

他不作声地坐在我身旁。一个眼神，一抹微笑，算是打招呼。

我摇晃酒杯，里面透明的液体悠然晃动。

“你有个故事要说给我听吗？”男人终于先开口，他的声音清朗，很好。

“我忘记该讲哪个故事。”我说。

“我知道。又会是一个小男孩和小女孩的故事。对吗？”

“哈哈。”我笑，“从前有个小女孩，还有一个小男孩……”我的故事才开头，已经有人一把扯开了我，大声对我说：“你给我回去！”

是瑞奇。

我讨厌他的口气，冷冷地笑：“你凭什么管我？”

他说：“凭我是你的男朋友。”

“你走吧，瑞奇。”我说，“这里不是小孩子来的地方。”

他绝望地看着我。黑暗中他的眼睛像极了扣扣，猫一样的眼睛。透明、深邃，让人害怕的眼睛。

我旁边的男人就在这时候慢悠悠地开口了：“没听见吗，人家幺妹儿叫你走呢。”男人话音刚落，瑞奇差不多是没犹豫，一拳头就朝他脸上挥了过去。

我知道，他是故意的，他就是要惹事。

男人跟瑞奇打了起来。我拼命拉也拉不开。酒吧里别的人也过来拉，瑞奇像只狮子一样，血红着双眼，被人拉住双臂还要往前冲。

我把一百元钱拍到桌上，朝门外走去。我知道只要我走，瑞奇就会停止打架，就会跟着我出来，这是制止他的最好办法。

酒吧离宾馆并不远，我快步走回宾馆，把门关好，保险锁好。

我澡也没洗就躺到床上，想起我的故事还没有讲完，那个关于一个小男孩和一个小女孩的故事，本来应该很好听，但是被讨厌的瑞奇打断了，这真是一件让人扫兴的事情。

我听到我的手机响，不过我没有接，我才不管谁找我，我已经累了，很累了。晚安，我要睡。

我关掉了手机。

（9）

第二天早上我醒来，阳光万丈。

我侧耳聆听隔壁的声音，不知道瑞奇几点回来的，有没有来敲过我的门，我这一觉睡得实在是太香了。对于一向很少睡懒觉的我来说，睁开眼居然已经是上午十点多钟，简直不可思议。

手机一打开，老乔的电话第一个进来，我想了想，终于接起，他劈头盖脸就问："悄悄，你在哪？"

我一时没反应过来，我在哪？

"瑞奇出事了，你知道吗？"

我一惊，从床上坐了起来："他怎么了？"

"他昨晚在都江堰，差点被人打残，听说你们在一起？"

我的天。我差点跳起来："他人呢？在哪里？"

"昨晚我和扣扣将他带回，现在在成都的医院里。是你吗，跟他在一起的那个人是不是你，你是不是在都江堰？"

"是。"我说。

"妈的。"老乔说，"妈妈的。"

我扔掉电话，火速收拾。十五分钟后，我坐上了一班回成都的大巴。瑞奇，可怜的瑞奇，都怪我太大意，如果我陪在他的身边，应该一切都不会发生，我真的没想到，会出这样大的事情！

老乔在汽车站等我，他居然带来了我的大包。

"快走。"他说，"你必须马上离开成都，我们先去火车站，买不到火车票，你就坐飞机回去，你不能留在这里。"

"为什么？"我说，"我要去医院看瑞奇。"

"别傻了。"老乔说，"你不知道瑞奇的老爸是干什么的吗？瑞奇被打成这样，你脱不了干系！"

"干什么的？"我说，"黑社会？我不怕，反正我要去医院看瑞奇，这是必须的。"

老乔生气地把我的大包扔到地上："许悄悄，你到底怎么回事？"

我恳求他："请送我去医院，好吗？"

"你真爱上他了？"老乔说，"这么快？"

瞧，这就是老乔的智商。我懒得理他，拎起我的大包独自拦车。我总有办法找到瑞奇，没什么了不起。

"好吧。"谁知道他跟着我一屁股坐进了车里，"我陪你去。"

虽说之前做足了心理准备，可是见到瑞奇的那一刻，我还是差点掉下眼泪，他好像全身都被纱布缠了起来，只留下一双眼睛无辜地瞪着天花板。

“瑞奇。”我扑过去，“你怎么样了，到底怎么回事？”

他看到我，眼神里竟有笑意。

我的眼泪终于掉了下来。都是我的错，我知道。

“让他休息吧。”老乔拍拍我说，“他现在需要休息。”

我抓住老乔大叫：“都是谁干的！”

老乔低下头：“听说是十个打他一个，他识相点也就算了，非要跟人家拼命。结果就成这样了。”

我摇摇晃晃地站在那里，都怪我，我知道，这一切都怪我。

这是我必须要承担的责任。

我决定留下来照顾瑞奇，直到他出院。

我把老乔拉到病房外面，跟他说：“借我一千块。”

“好吧。”老乔说，“我去想办法。”

医院里有很浓烈的我不想闻的一种味道，我竭力控制才没有让自己吐出来。老乔把手放到我肩上，语无伦次地说：“你可以走的，其实，当然，我也知道你不会走。其实，这些事你可以不用管的，我不在乎你跟他有过些什么，你知道吗？”

不过我听明白了，老乔想要表达的是什么。

流年不利。

该怎么样就怎么样吧，无论怎么样，我都承担到底。

只欠了老乔。他是无辜的。

（10）

我在医院照顾了瑞奇一星期，六元钱一夜的陪护床，我每晚都睡在上面。这期间老乔来过六次，扣扣来过一次。她盯着我问：“你到底是狐狸精还是扫把星？”

我并不介意她的恶意。

但她很快咕咕地笑：“我不介意有你这么个漂亮嫂子。”

“扣扣，”我说，“你应该多吃点，你瘦了。”

“是。”扣扣说，“谢谢嫂子关心。”

“扣扣。”躺在床上的瑞奇开口说，“你莫要乱说。”

“我有乱说吗？”扣扣说，“难道这不是你希望的吗？你奋不顾身不就是为了这个吗？”

“住口！”瑞奇骂她。

我用眼神示意他别冲动。

“悄悄，”瑞奇说，“要不我们出去走走吧。”

他已经可以活动，只是左腿上的伤还让他稍有不便，需要拐杖。医生说，最多还有一周，他应该就可以出院。

我已经让老乔替我订好一周后回南京的火车票。这真是一次荒唐的旅行，好在我本不是抱着旅行的目的来这里，不然一定抓狂死。

我扶着瑞奇在医院的院子里走了一阵，然后坐到树下的石凳上休息。刚下过一场雨，成都的温度降下去不少。石凳上还有些微潮，我找来一张报纸垫在上面。瑞奇坐下，看着远处的天说：“悄悄，谢谢你。”

“怎么会？”我说，“应该的。”

“是我太冲动。”瑞奇说，“你是个善良的好姑娘，我不希望你感到内疚什么的，其实这一切都是我自找的，跟你没关系。你能这样照顾我，我真是好感激。”

“别说这些了。”我看着他脸上的伤痕伤感地想，不知道会不会完全复原，这个漂亮的孩子，我多么希望一切都没有发生，如果，如果那天我多留一会儿；如果，如果我跟他一块走；如果，如果我回到宾馆给他打一个电话……

可是这么多的如果都只是如果，现实就是现实，无法更改。

又撑了一周，终于等到瑞奇出院。我并没有告诉他我是当晚的火车，我一直把他送回家里，他要留我吃饭，我告诉他我还有些事情要办。他并没强求，但是追出来，对我说：“悄悄，如果你愿意，可以住到我家来，你看，我家这么大，没人住。”

是的，没见到扣扣，也没见到他爸爸。

“好。”我哄他说，“你一个人乖乖的，不要到处乱跑，更不要去跟别人打架，知道吗？”

他说：“你陪我住我就乖。”

“好。”我挤出一个微笑给他。

“那你快点回来。”他说，“我做好比萨等你。”

“好。”我说完，转身离开。

他恋恋不舍地看着我走。

瑞奇，再见。再见也许就是永远不见。

我坐公车到老乔家，还是十七路公车，只是没有扣扣。成都之行，自始至终，都像是一个梦。

老乔在站台等我。还是拎着我的那个大包。我刚下车他就说:“打车吧，不然要误火车了。”

“好。”我说。

除了“好”字，我好像不太会说别的字了。

“你在为谁神游太虚？”老乔问我。

“呵呵。”我笑，“我要走啦，你都没陪我好好玩。”

他没好气地说：“我可不想在医院陪你玩。”

“对不起。”我说，“借你的钱我回去打工，尽快还你。”

“啊呸！”他骂完，眼睛看窗外，不再看我。

十年前，我跟他在一座小城，我家很穷，有时候连吃午饭的钱都没有。他把他妈妈给他做的排骨分给我吃，有人在黑板上写“XX 爱 XX”，结果被他揍得半死。可惜我从没有对他动过半点意念，人是最矛盾的动物，不停地与时间和自己做无声息的抗争，不知道自己最想要的是什么，所以灵魂一直漂泊。

我和老乔，注定隔着十年的距离，无法泅渡。

这是我的选择，其实，也是老乔的选择。不是吗？

老乔买了站台票，一直把我送上车。

“好好的。”替我把箱子举上去放好，他只说了这三个字，然后，就被列车员赶下车去了。

我看着他走，把脸贴在窗玻璃上朝他做鬼脸。车开了，他慢慢淡去不见。

我在床头，发现几张红色的纸币。

我把它们握在手里，上面还有老乔的体温和味道。他总是这样。

这些天，真的太累了，在火车的轰鸣声中，我很快睡着了。梦里我梦到老乔，梦到我们的十二岁，他穿白色的衬衫，和现在很不一样，用发誓一样的声音对我说：“许悄悄，以后我会挣很多的钱，给你买一切你想要的东西。”

（11）

我终于回到了南京，这个让我伤心伤肝的城市。

我知道纵是再不情愿，我必须得回到这里，继续完成我最后一年的大学生涯，辛苦打工，养活自己。不再会有人给我买雪冰，不再会有人替我付学费（尽管我从来都愿意靠自己），不再会有人牵着我的手带我过马路，送我手表或是给我买漂亮的包包。

我对自己说，许悄悄，像三年前拖着旧箱子走进陌生的大学校园一样，从今往后，你还是一切都得靠自己。

假期里，学校不太方便住，我去了一个舍友租的房子。她去了云南度假，让房东把钥匙交给我。她的房间很小，只够放上一张床，一张紧靠着窗户的书桌，有一台电脑，装满CD的架子，和一口大皮箱。另外有间很窄小的洗手间，没有厨房。好在我不用自己做饭。

舍友电话里对我说："我电脑里有活，不过我干不了，留给你干吧，钱我算给你。"

"什么活？"我问她。

"替一家杂志社写点小资的东西。稿费不高，费神。我泡上帅哥了，不想回。"

"我干。"我说。

她留给我电话，让我与杂志社直接联系。我打电话过去，那边的要求果然是很多，条件也苛刻，要先看稿，稿过不了就没钱拿。我都说好好好，这也是没有选择的事情。打完电话，我去了一趟超市，买了很多的食物和水放进冰箱，开始我的工作。

我关掉了手机。总是在深夜写字的时候，喝那些冰凉的水，在寂静的黑暗里感受冰凉的水流到身体里，融进温暖的胃。在极度饥饿的时候我就打开小冰箱，坐在地板上，对着冰箱里透出来的橘黄色的灯光吃那些食物。无声地吞咽，直到满足了最基本的生存欲望，每天我都要写到深夜，电脑和空调在寂静的夜里发出异常巨大的声音，屏幕放出蓝莹莹的光，书桌下放着一块很大的毛毯，我总是喜欢将光着的冰凉的脚丫放在那些粗糙的温暖的毛上摩擦着，有安全的自在的感觉从脚底上升到我的心里。每天晚上，我看着窗户外面繁华的城市夜景，永远不会暗下来的夜空，心里空旷而僻静，像一潭冰冰凉凉的水。

唯一和我保持联系的人，是老乔。

我加了他的QQ，不过他也并不常上线。有次喝醉了上来，问我愿不愿意嫁给他。

我问他："醉了？"

他说："有点。"

"睡吧。"

"许悄悄，"他说，"你要等我。我还要拼两年，我会成功的。"

"嗯。"我说，"相信你。"

"还有一件事我要说。"

"说吧。"

"你走后的第三天，瑞奇因为找不到你，自杀。"

"……"

"悄悄你再来一趟好不好？"

"你说什么胡话？"

"好吧，不回来就算了。"

我不想再听他胡言乱语，于是关掉QQ，关掉电脑。抱着双臂坐到床上，我关掉空调，把自己塞进被子，我觉得冷，前所未有地冷。我不想知道也不敢知道瑞奇的结局，那么漂亮干净寂寞的一个男孩，这个世界多么让人绝望。

我用房东家的电话给木木打电话，那边很快传来他熟悉的声音："喂。"

我忍不住轻轻哭泣。

"悄悄。"他说，"悄悄你怎么了，你在哪里？"

就算我不说话，他依然知道是我，我们曾经那么默契。

"你怎么了？"他继续问。

"木木。"我哽咽着说，"我想见你。"

他在犹豫。

我说："我会把地址发你手机里。"

他叹息："悄悄，你总是那么任性。"

我心里的委屈和绝望排山倒海，于是任性到底："如果你不来，也许，你就再也见不到我了。"

"悄悄，"他终于紧张，"你不要乱来。"

我嗒的一声挂了电话。

我挂了电话，发完信息，拉开窗帘，发现城市已经开始下雨，天色暗下来，我不知道自己能不能赌赢，胜的概率会有多少，不过我早已经输光全盘，最多也就是伤上再多一道伤。如此想来，也无所谓了。

所以有人敲门的时候，我几乎是跳起来去开的。可是我万万没想到的是，门拉开来，不是木木，而是扣扣。

"我终于找到你了。"扣扣扑上来抱住我，"真好。"

"你从哪儿来？"我问她。

"从成都啊。"扣扣做了一个飞的手势说，"呼啦啦，我就来了。另外，我买好了今晚的机票，想请你和我一块儿回四川。"

"那不行。"我说。

"我来不是跟你商量的。"扣扣说，"你去也得去，不去也得去。这关系到瑞奇的性命，我想悄悄姐你应该不会袖手旁观。"

"他到底怎么了？"

"暂时没事。"扣扣说，"可是他坚持要见到你。"

"不去。"我说，"他的事根本与我无关，我跟他什么关系也没有！"

"你连老乔也不担心吗？"扣扣说。

"老乔怎么了？"

"我爸回来了，瑞奇上次被打，这次自杀，他都认定和老乔有关，老乔现在被抓起来了，每天一顿打，还没有饭吃。"

"你胡说！"

"我是不是胡说你自己猜。"扣扣说，"我爸那个人很狠的。老乔不敢开口求你回去，他怕连累你。我心疼他，所以瞒着家人飞来找你，你应该好好谢谢我才对。"

我拿出久已不用的手机，打老乔的电话，电话没人接。

扣扣说："飞机是晚上六点二十分的，悄悄姐，我们现在就得出发去机场。"

我晕！

正在此时，又有人敲门。救星来了，我迅速扑到门边，门打开来，我却愣住了，第二次"惊喜"隆重上演，站在门外的人竟是女主播。

那是我第一次与她面对面，她的皮肤很好，眼睛很大。她直闯进来，对着我喊：“许悄悄，你到底有完没完？”

木木这个没用的东西！我的心彻头彻尾地疼。

女主播看看我，再看看扣扣，笑起来：“许悄悄，我看你是没有男人就不能活了，是不是？你这样整天缠着木木，你还要不要脸啊？”

“闭嘴！”说话的是扣扣。

“你是谁？”女主播问，“我在教训她，不需要你插嘴！”

扣扣上去就打她一巴掌：“我不仅插嘴，我还要动手！”

我连忙上前拉住扣扣，女主播捂住脸，没想到有人比她还要泼辣。

木木就在这时候跟了进来，他看着眼前的状况，整个人都呆住了，过了好几秒，才一把拉住女主播说：“妞妞，我们走。”

“不走。”妞妞说，“说清楚再走。”

“我们没什么了。”木木说，“我要跟你说多少次！”

“没什么？”妞妞忽然大喊起来，“没什么你会这样跟她纠缠不清？没什么她会三番五次打你电话？你到底爱的是谁？你说，你今天一定要当着她的面统统给我说清楚！”

“我爱你。”木木当着我的面，面无表情地对女主播说道。

我，晕。

扣扣哈哈大笑，笑完后她说：“悄悄姐，你眼光还不如我呢，这个人跟老乔比，差十万八千里。”

在扣扣的笑声里，木木拉着妞妞远去。

我感到绝望的冰冷，蹲在墙角抱住自己。

这些羞辱都是我自己找来的，不是吗？只是我该如何，才能痊愈，才能痊愈？

（12）

傍晚五点五十分的时候，我和扣扣一起登上了飞往成都的班机。

我不想吃饭，跟空姐要了一杯冰水，再要了一条毛毯。闭上眼睛，缩到位子上。

扣扣替我把饭盒打开、榨菜包撕开，把餐具送到我手里，温和地说："来，吃一点，吃饱了才有勇气面对一切。"

我实在吃不下，我想起木木当着我的面，对着别的女人说"我爱你"，我的心就疼得不知道该放到哪里才好。十四岁起，任何人都难惹出我的眼泪，除了木木。

我宁愿从来都没认识过他，那么，不知道被人宠被人爱的滋味的许悄悄依然可以刀枪不入，在这个世界无所畏惧地横冲直撞。

"你哭什么呢？"扣扣说，"你为什么要为一个不爱你的人哭？就算你痛成这样，人家会在乎吗？他还不是该笑就笑该吃就吃该睡就睡，你值得吗？"

劝人的时候，我们一向这样振振有词。

"别哭了。不然我该被空姐抓起来了。"扣扣一边说，一边拿了一张纸巾替我擦脸。这动作让我想起很久以前的父亲，我心里泛起了一丝微澜，压住了一些疼痛。我看着扣扣，扣扣看着我。

然后她问我："悄悄姐，让自己爱的人幸福也算是爱情，对吗？"

"你怎么样了？"我问她。

"我没事。"她说，"我想通了。乔亮亮不属于我。他心里有个人走不掉，就是你。所以，我打算退出竞争。"

什么话！

"好好考个好大学。"我对她说，"乔亮亮未必不会爱上你。"

"是吗？"扣扣问我，"你确定你不爱乔亮亮吗？你确定你一点儿也不在乎他吗？就算他死你也无动于衷吗？"

她又开始胡说八道。我懒得理她，把眼睛闭起来。

再见瑞奇，是在他家里。一路上我都在想，不知道瑞奇到底会怎么样。可是我到达他家的时候发现他正在看电视，看上去屁事都没有，一见我，就丢掉遥控器："悄悄，你真的来了，真的是你吗？"

我看看他，再看看扣扣，心里生起不祥的预感。

"到底怎么回事？"我问。

扣扣突然俯下身，蹲在那里号啕大哭起来。

我指着她，厉声说："给我说真话！什么自杀不自杀，到底是不是真的？"

"扣扣没骗你，我找不见你。"瑞奇说，"你忽然就走，我想不开。所以，真的想去自杀，不过现在你回来了，我们去吃雪冰吧。"

我甩开他："你有没有搞错，你让扣扣从成都飞到南京，花这么大精力、这么多钱把我接来，就是为了吃你的雪冰？”

“不是，悄悄……”他想要申辩。

“有钱了不起吗？”我大喊，“有钱就可以为所欲为吗？！玩抑郁，玩自杀，想玩什么就玩什么吗？瑞奇，我告诉你，我瞧不起你，你死也好，活也好，都跟我没有任何关系！你必须要明白这一点！”

我真抓狂，转身就往门外冲。

扣扣拦住我：“你听我跟你说。”

“不听。”我说。

“老乔的事也不听吗？”

对啊，老乔，我大叫：“我一定要见到老乔，你们到底把他怎么样了？我见不到他，就去报警！”

瑞奇问她：“你跟她说了没有？”

扣扣摇头。

瑞奇大声喊：“你为什么不说？”

扣扣抬起头，满脸的泪：“许悄悄，你知道吗，老乔出事了，他被查出得了白血病，活不长了……”

我只感觉天旋地转。

“什么时候的事？”我抓住扣扣，“你要是敢骗我，我饶不了你。”

扣扣哭着说：“这些天，在他 QQ 上跟你聊天的都是我，我知道他很想见到你，可是，你不爱他，我骗你我怀了他的孩子你都无动于衷，我就知道你对他没感情。所以，只能用这种方式骗你回来。他那么那么爱你，你为什么不珍惜？为什么？”

她扑向我，指甲深深陷入我的肉里，可我一点也不觉得疼。

一分钟后，我用百米冲刺的速度往门外冲去。从没有过这么一刻，我感觉自己如此需要老乔。他不能离开，绝不能。

（13）

半年后，我成了老乔的女朋友。

我们很幸运，扣扣和瑞奇的父亲在他们的威逼利诱下捐出了一笔钱，给老乔做了成功的手术。他渐渐恢复，一切都比想象中要好。

医生说，如果没什么问题，他应该可以再活十年。或者，更久。

老乔心态不错，他并没有把自己当成病人。出院后不久，他在成都找到了稳定的工作，替一家广告公司做设计。业余的时候，画很多的画，赚不多的钱。他戒了烟戒了酒戒了熬夜，脸色红润，看上去比病前还要健康。

我毕业后，去成都找了工作，天天陪着他。老乔开玩笑说："一场重症成就我一生的愿望，如此说来，得病实在是件顶好顶好的事。"

我捂住他的嘴，不让他往下说不吉利的话。

"不过。"老乔说，"悄悄，我是不能陪你走一辈子的，我不能那么自私，你还是要去过你全新的日子。"

我对着他坚决地摇头。

他拥住我："能有这些日子，我真的已经足够。我要你幸福，一生的幸福，这才是真正的爱情，知道吗？”

我当然知道。只是，有些话，我不会说出口。

我曾经以为，我不会爱上老乔。

我也曾经以为，我会爱木木一辈子。

我还曾经以为，我再也不会谈恋爱或是享受到爱的甜蜜。

但现在，这些曾经都成为过去，我又开始学会微笑，有空的时候一个人去吃雪冰，或者在网上跟瑞奇兄妹聊天。

瑞奇对我说：“我之所以愿意放弃，是因为老乔问我，爱一个人爱十年，明明知道得不到，还要坚持，有没有可能？”

是吗？老乔爱了我十年吗？

这些都不重要，重要的是，我真的渐渐爱上他，边走边爱。懂得感恩，懂得珍惜，懂得遗忘，懂得向前看，懂得让复原的伤口开出一朵花，花好月圆。

至于以后的事，谁去想它呢？命运总是会宽待懂爱的人，我亦相信自己会好运。

爱的代价

遇见柯林，是我一生中最美丽的时刻。

那时我在念大三，出版了我的第一本散文集，又升了校学生会主席，春风得意得很。最大的爱好是在黄昏的时候去阶梯教室听那帮男生吉他弹唱，这支吉他队附属于校学生会，他们一律叫我："头！"看到我一进门就会拿着吉他一阵猛敲，然后问道："头，今天想听什么歌？"

我被这帮男生宠得有些不像话。

听歌的时候我喜欢坐到桌子上去，头一点一点地，看他们纤细而有力的手指在琴弦上弹拨。男孩们的声音干净极了也纯粹极了，只是好像用吉他来伴奏的歌总是有那么一点忧伤，我就那样淡淡地沉浸到一种我喜欢的情怀里去，直到晚自习的铃声不近人情地响起。

只是我从来不唱。每次他们起哄说"头，来一个"的时候我都会显得特别的羞涩，一点也不像那个平日里挥洒自如的我。

其实我的声音很好听，朗诵我是可以的，演讲也很厉害。总之这类比赛我要是参加，其他的人就只能盯着第二名去争了。这不是吹牛啊，绝对是真的。

但我就是不敢唱歌，我总觉得自己唱歌会走调。

我只是喜欢听而已。

我没想到有一天会想为一个人心甘情愿地学唱歌。那个人就是柯林。

柯林是我爸爸的学生，当然也算是我的校友，只不过他早已经工作了。我一直没有问过柯林多少岁，我猜他应该是二十九。或者，三十？我认为这个对我不重要。对我重要的是，从看到他的第一眼起，我就喜欢上了他。

大家都说我眼光高，因为直到大三我还没有恋爱过，但是无可否认的是我对爱情有过无数美好的遐想。在遇到柯林以后，这些遐想就和他绵绵密密地缠合了起来，怎么分也分不开。比如他的长相，我从来没在生活中见过长得那么有棱有角的男人，好像眉毛鼻子都会说话一般，我一看他心就止不住地狂跳。再比如他的才华，他在一家很有名的电脑公司工作，听说是搞软件开发的。那一次是我爸请他来我家装电脑，对于我这个电脑白痴来说，从未看过对电脑如此精通的人，稀里哗啦就弄好了，拍拍手看着站在一旁发呆的我说："好了，你以后可以在家上网了！"

"上网？"我说。

"是啊？不然你买电脑做什么？"

"写作。以前那台太破了，键盘敲起来像擂鼓。"

"写作？"柯林饶有兴趣地看着我。

"是啊！"我在生人面前从没这么要命地卖弄过。但我就是急于想让柯林知道我的厉害，简直有点迫不及待。我拿出我才出的作品集装出一副漫不经心的样子对他说："喏，我的书，送你一本！"

他很认真地用双手接了过去，摇摇头笑着说："真没想到任教授的女儿都成了作家了！"

"有什么好奇怪？"我问他。

"还该是个小丫头啊！"柯林一边笑一边比画着说，"那一年我们上课，你到教室外面来讨钥匙的时候，才这么一点点高呢！"

"嘿嘿。"我说，"岁月不饶人嘛！"

"签个名？"柯林把书递还给我。

我很认真地签下我的名字：任紫怡。

柯林接过去看了，笑笑说："下次记得要签得龙飞凤舞一点！"

"为什么？"

"名人都是这样的啊！"他回答我说。

"去你的！"我打他，他也不躲，任我重重的一拳下去。说实话我没想到他不躲，那一拳我下手可重了，正打到他胸口，他龇牙咧嘴起来。我赶紧说："对不起啊，我没想到你不躲的！"

"呵！"柯林说，"我没想到你真打！"

柯林走后我就老想他。黄昏的时候再去听歌，就听出许多伤感的意味来。那些日子因为罗大佑要来开演唱会，他们唱的多半是罗大佑的歌。我最喜欢的是那首《家》：

每一首想你的诗，写在雨后的玻璃窗前

每一首多情的歌，为你唱着无心的诺言
每一次牵你的手，总是不敢看你的双眼
转开我眩晕的头，是张不能不潇洒的脸
给我个温暖的陷阱，和一个燃烧的爱情
让我这冰冷的心灵，有个找到了家的憧憬
……

听着听着，也会傻傻地想，不知道将来会不会和柯林有一个家。夜晚来临的时候，会有一盏灯专门为我和他点亮，这种想象让我的心里柔软极了。也就是在那些日子里我体味了两个和“一”字有关的成语，那就是：一见钟情和一厢情愿。

终于我忍不住，借着想上网又不会的名义，央求父亲再请柯林来帮忙。柯林接到电话很快就来了。那天天空飘着蒙蒙的细雨，我隔着透明的玻璃窗看着他从远处慢慢地走近，没有打伞，黑色的西服笔挺笔挺的，我就莫名其妙地想哭。

“任紫怡，”我对自己说，“你完了！”

柯林惊异于我对电脑的一窍不通，更不相信我已经用电脑写作了整整三年。

那也是我第一次上网，他替我申请电子邮箱，教我如何发 Email，如何查信息，甚至如何进聊天室和别人聊天。我心情很好，也觉得很有趣，一直咯咯地笑。柯林就看着我说：“真是个傻丫头！”

其实我真的不傻，不过我喜欢柯林叫我傻丫头，因为除了他，再也没有别人这么叫过我。我歪过头去，看到柯林有一缕头发是湿的，搭到额头上。也许是刚才淋了雨的缘故，我忍不住伸手过去替他拨了拨。看得出来柯林有些许吃惊，但他很快就镇定了下来，对我说道："我看过你的散文了，写得真是不错！"

"那还用说？"我得意起来。

"想不想在网上拥有自己的个人主页？"

"没想过！"我说，"那玩意儿我不会弄！"

"我会啊！"柯林说，"我可以帮你！"

"为什么对我这么好？"我得寸进尺。

"任教授是我的恩师啊。"他的理由很充分，"我可以倾我一生来回报他，何况只是为你做一个主页。"

怕他后悔，我飞快地答应了下来。其实主页什么的对我一点也不重要，关键是，我可以有很多和他接触的机会了。

我一想就心花怒放。

"想做成什么样你尽管告诉我，我都能为你办到！"柯林对我说。我给他一个夸张的微笑，牙都露在外面。

他看着我，又说道："真是个傻丫头。"

那以后我和柯林就常常碰面，讨论我网页的设计问题，当然也说说别的闲话。和柯林聊天特别有趣，他有很多新鲜的词汇，不过不给人卖弄的嫌疑。我喜欢看他拿着鼠标移动的手指，和那些弹吉他的手指比起来更多了些许的稳重。和柯林在一起时，我就常常这样无边无际地胡思乱想。有时我也会在网上给柯林的手机发一条短信息或是给他写三言两语的信再加上一张感谢贺卡。不过柯林从来不回，他给我申请的电子信箱一直寂寞地空着。

有一次，我忍不住对他说：“柯林你也给我写一封信啊，不然我的信箱一点用也没有！”

“没有用就让它闲着吧！”柯林一边埋头替我扫描小说一边说，“我这人最怕的事就是写信，你饶了我吧！”

“为什么怕写信？为什么？”我一边喀嘣喀嘣地吃着薯条一边不依不饶地问。

“很简单。”柯林说，“因为我不是作家嘛，怕写不好！”

“你讽刺我？”我扬起手里的薯条袋子朝他打过去，这一次他伸手过来挡。他的手轻轻地握住了我的手腕。很轻很轻的劲，我却不能动弹。

那是我和柯林第一次的亲密接触。

柯林很快镇定下来，放开我说：“真是个凶丫头，别闹了，让我先把你这点活干完！”

我静静地坐到一旁看柯林为我做事。我喜欢认真工作着的他，脸上的表情真让人心醉。我就那么一直看着，不说话。柯林也不说话。房间里静极了。我坐在高高的写字台上，只有我的两条腿在半空中不停地晃动。

终于，柯林打破沉默说：“紫怡，你唱首歌来听听？”

“唱歌？”我惊讶地说，“为什么？”

“我为你干活，你唱首歌给我听算过分吗？”

“是不算过分，可是我不会呀！”

“别谦虚了，你的声音很好听，唱歌也一定很好听。”柯林的语气很认真，不像是开玩笑。我真想为他唱一首歌，可是我搜肠刮肚也找不到一首我可以唱得像样一点的歌，我有些遗憾地对他说：“下次吧，我学一首好听的唱给你听！”

“呵，那么认真？”

“那当然！”我大胆地说，“听众级别高，我可不敢怠慢！”

就这样有了想学唱歌的念头。再去听男生们唱歌的时候也会在心里轻轻地跟着哼起来，巴望着遇到一首适合的歌，可以替我说说我的心情。至少在我唱给柯林听的时候，他会感动。

有时也会挑上一两首，在没有人的地方唱给自己听。关于爱情的歌实在是多如牛毛，我却好像对每一首都不满意，挑剔得要命。

知道柯林有老婆，是在一个周五的下午。

那天下午我逛街，逛着逛着就来到了柯林的公司楼下。我有些不由自主地上了楼。柯林正在电脑前忙碌着，见了我，有些许吃惊。他起身给我让座，我看到他的玻璃板下压着一张小宝宝的照片，小孩子很漂亮，有和柯林极为相似的眉毛和眼睛。

柯林指着它，有些骄傲地对我说：“我儿子，九个月。”

我强作欢颜地笑了，心里像有一团火在烧。

其实像柯林这么大的年纪，结婚生子应该是很正常的事，我也早就该想到。可事实摆在我面前的时候，我还是有些接受不了。

我故作调皮地说："干儿子？"

"瞎说！"柯林拿起手中的报纸打了我的头一下说，"我和我老婆生的！"

"你老婆漂亮吗？"

"当然。"柯林说。

我真有些绝望，脸上的表情一定木木的。

柯林看着我说："你怎么了？"

"你说我怎么了？"我恨恨地丢下这句话，转身就走掉了。

柯林很长一段时间不来见我，说是要忙一阵。帮我建网站的事也渐渐搁置下来。

但我还是喜欢柯林，迷恋他的一切。总想见到他，听到他的声音，朝思暮想，不可救药。那些天阶梯教室里的男生们还是天天唱罗大佑那首叫《暗恋》的歌。男生们唱起来，有些歇斯底里的伤感。我想起柯林曾对我说过他很喜欢罗大佑，罗大佑感动过他们那一代人。我早早地托我在电视台工作的朋友替我弄两张好位置的票。我想邀柯林和我一起去看罗大佑的跨年演唱会，我希望他不会拒绝我。

虽然我并不是很有把握。

那些日子我还喜欢上顾城的一首诗，诗的名字叫《我是一个任性的孩子》。因为我一直就是一个任性的孩子。对柯林的思念让我魂不守舍。我熬不住，终于给他的手机发了无数条短信息，告诉他我会在哪里等他，有要事跟他说。

柯林回我电话的时候，我已经坐在了国贸大厦十七楼的咖啡厅里。柯林说:“丫头你怎么了，我这边有个重要的客户，来不了啊！”

反正我也豁出去了，我说：“一个小时之内你不来，我就从这里跳下去！”说完我就挂断了电话。

事实上柯林十分钟就赶到了。他坐下，盯着我说:“你呀！说吧，怎么回事，要寻死觅活的？”

“我爱你！”我想也没想嘴里就溜出了这三个字。当然这是我一直想对柯林说的三个字，我一直执意地想要让他知道我的心思。但真正说出口后，我多少有些羞涩，毕竟这是我第一次对一个男人说出这三个在心里常想象的字，感觉相当不同。我的脸红了。

“紫怡，”柯林慢慢地说，“我可是一直把你当妹妹！”

“那你喜欢我吗？”

柯林不说话，宽容地看着我。

“你喜欢。”我替他回答，“不然你不会躲我，也不会来得这么快。至少你担心我，怕我真从这里跳下去！不是吗？”

“那我真不来你会跳吗？”

“当然不会！”我笑笑，地喝了一口咖啡说，“我的命就那么不值钱？”

“是不是作家都这样？”柯林也笑，“喜欢这样恶作剧？”

“柯林你再叫我作家我扁你！”我端起手里的杯子，做一副恶狠狠状。

“真是个孩子。”柯林摇摇头说，“别闹了，好不，紫怡？”

“我是真的爱你。”我不敢看他，把头埋下去说。我听到自己的声音，脆弱极了，然后我就控制不住地低声哭了起来。

我感觉到柯林的手从桌面上伸了过来，温柔地握住了我的，然后我听到他温柔地说：“紫怡，乖，别这样！”

我哭得更厉害了。

“好了，好了。”柯林说，“给熟人撞见说不清！”

“那你爱我吗？”我不饶他。

“傻丫头。”柯林说，“我能再轻言爱吗？”

“为什么不能？”我抬起头来看着他问。

“还要我说原因？”

“我不在乎！”我说，“我什么都不在乎，只要你爱我就好了。”

“怎么可能？”柯林说，“用你文章里的话来说，这世上有很多种相遇，但有一种相遇是不如不遇。”

那是我一篇散文的开头，我真没想到柯林会记得它。想着他认真地读过我的句子，我的心紧紧地抽痛起来，又有一些说不上来的幸福。

“太晚了不是？”柯林接着说，语气里有叹息的意味。

我泄气，再也不想争辩。至少柯林的那句太晚让我挽回一些自尊，不是不爱，只是太晚而已，不是吗？

终于明白失恋的滋味，真的就像大病一场。

我有一个星期没去听歌。男生们在别的地方遇到我，均问道：

“头，你怎么了？失恋了？”

“是呀，是呀！失恋了！”我的心里乱七八糟，我的眼神慌慌乱乱。我一首歌还没有学会，那个想听我唱歌的人就这样走出了我的视线！

但网站没完工，还是要和柯林接触。我通过电子信箱给他发我的新作，按捺住心里的千头万绪写了很客气的信。他终于回我一封信，信上说：“就让我默默地看着你的成功之路慢慢地延伸，为你暗暗地高兴吧。祝福！”

我哭了，才发现自己一直不甘心失去。也许我和柯林之间谈不上有任何故事可言，但是我没有办法忘记和放弃，总觉得应该有很多鲜活的情节在等待着我，等待着我和柯林。

我就是这样一个执拗的傻女孩。曾天真地以为自己是一个情场高手，可当爱情真正来临的时候我弱智得让自己都心疼。

罗大佑的演唱会已被炒得沸沸扬扬，听说嘉宾里会有张艾嘉。那是一个我喜欢和欣赏的女人，我看过她的电影《心动》，很是心动。我也知道她和罗大佑曾经是一对恋人，我盼着演唱会的到来，我很想看看爱情变成友情后，再经过这么多年，会是什么样子。

当然我更盼的是和柯林一起，听他喜欢的歌。

我是从爸爸那里听说柯林出差的，他去了北京。

不知道为什么我就突然很想去北京。这个念头是一秒钟之内冒出来的，冒出来后我就再也无法把它压制下。我谎称有杂志社请我到北京开笔会，很顺利地请到了假。然后我就坐上了去北京的特快。

我到了北京就拨通了柯林的电话。

柯林说："是紫怡啊，我现在在北京出差呢！"

"我知道，"我说，"我也在北京。"

"怎么会？"他显然很吃惊。

"怎么不会？"我说，"这世上有什么事不可能？"

柯林沉默了一下，给了我他宾馆的地址。让我先去，他办完事很快就会回去。我坐在宾馆大厅里的沙发上等他。这是一个对我来说陌生而著名的大都市，但我没有心情去看它。我满脑子都是柯林，从小就爱听故事爱写故事的我渴望着和柯林之间会有一段故事，哪怕没有波澜壮阔的情节，也至少可以为我的初恋做一份最美的见证。

柯林回来见到我，脸上的表情很惊讶。

"真的在？"他说，"来北京做什么？"

"来陪你！"我言简意赅，差点被自己感动。

柯林久久说不出话。

"饿了，"我说，"我想吃东西。"

"紫怡，"柯林有些无可奈何地说，"你真是任性啊！"

我把脸埋进手掌心里，闷声闷气地说："别骂！你可以赶我走，我头也不会回，真的。你赶吧！"

一只温热的手放到我的肩头，然后我听到一声叹息，接着是柯林温柔的声音：“赶，我怎么舍得？”

那声音里全是疼爱，一股电流呼啦啦地传遍我的全身。我知道我已经靠近了幸福。我想牢牢地抓住它，不让它溜走。哪怕只是瞬间，对我也已足够！

我愿意为我的任性付出代价！

那晚，我和柯林住在一起。

虽说是初秋，北京的夜已有了一丝凉意。我和柯林说了很久很久的话，柯林说从来没见过像我这样的女孩子，就像一个落入凡间的精灵，让人担惊害怕又忍不住怜爱。当然他也和我说到他的家他的老婆他的儿子他的事业。无边无际的话题之后，柯林拥着我入眠，我们什么也没做。

第二天睁眼时阳光已洒进了房内。我发现我躺在柯林的怀里，脸就羞涩地红了。柯林好像也是在那时醒来，他看着我，眼光就不愿意离开，然后，几乎是在我毫无预料的情况下，他吻了我。

这是我的初吻！！

我差点晕过去，任由柯林予取予求，茫然不知所措。

可是柯林在最关键的一刻停了下来，有些颓然地说：“丫头，你太完美了，我不能毁了你！”他说完起身进了卫生间，我躲在被子里穿衣服，一边穿一边噼里啪啦地往下掉眼泪。我说不清楚自己为什么要哭，也许是憎恶自己有些没脸没皮，也许是失望自己对柯林来说没有足够的吸引力，也许是遗憾注定走到这一步的故事并没有自己想象中的精彩。

在这个陌生的城市里，没有人认识我们，可以放开手来成全爱情，却也还是有所顾忌。我不知该感激还是记恨柯林。

之后的几天，柯林在办事之余几乎都陪在我身边。他不再有过分的举动，但会很细致地吻我，在我耳边低低地唤我“傻丫头”。那真是纷乱迷醉的时光，像一个悠长而寂寥的梦，我不愿醒来。

但总要醒来。

当飞机到达故乡的那一瞬间，我留心地看了一下柯林的表情，有一种我不忍目睹的严肃和紧张。柯林问我说：“丫头你记住我说的话没有？”

“记住了！”我说，“你放心，在这里我不会乱来的！”

然后，我和他各自执票走出机场，像两个陌生人，汇入人流各自回家。

实际上我一回家就忘记了我的承诺。我开始疯狂地想念柯林，我发觉我简直一分钟也不能没有他。明明知道他在家，我还是打了他的电话，我只想听听他的声音，于是装着和他说我网站的事情，柯林的声音公式化极了：“哦，是紫怡啊，我刚出差回来，你的事要拖一拖啊，代我问任教授好！”

我懒懒地说了声好，就挂了电话，把电话扔出去老远。

我恨柯林那样的声音，尽管我知道他也是没办法。

然后我就到网上给柯林写信，很长的情书，我写到自己两手发酸，只想让他知道我的思念，好早一天约我见面。

在这个处处都是熟人的城市里，约会并不是一件容易的事。我和柯林都有些如履薄冰的感觉。起初的浪漫之后接踵而来的就是种种的不快。我发现其实我根本就做不到我以前想象中的那么宽容，有时心里简直就容不下一粒沙，患得患失。我甚至疑心柯林从不曾爱过我，只是被我的激情逼得走投无路而已。

有一次，好几天都没有他的消息，手机也不通，发信也没有回音，打电话到单位，只说是不在。终于等到他约我。我差点喜极而泣，精心地打扮赴约，柯林却显得情绪不佳的样子。过了半天他才说："紫怡，你以后少打电话给我，信也暂时别写了！"

"为什么？"犹如五雷轰顶，我很不高兴地问道。

"我想我太太有所察觉。"

"你怕她？"我有些酸溜溜地问。

"是的，"柯林说，"我怕她！"

"你没种！"我大声地骂他。

柯林不言语，我又后悔了，主动吻他表示歉意。他很生硬地回应我，然后对我说："紫怡，你也要听听我的话，炽热的爱有时会焚毁一切的！"

我看着他，一字一句地说道："你反正也不能给我未来，我怕什么！"

柯林被我说得很尴尬，脸色铁青。

我有些控制不住自己，接着说道："你要真这么没种，我真后悔爱上你！"

"现在后悔还来得及！"柯林显然被我激怒了，语气也凶了起来。

"你别美！"我也火了，"就当我从来没有认识你！"

"好的。"柯林站起身来，"记住，不许打电话，不许写信！"

说完这两个不许，他扬长而去，头也不回。我失声痛哭，无人安慰。

就这样和柯林断了联系。

每一次想和他联系，想着他的两个不许，我的心就像有一把刀在来来回回地割着。我常常想柯林是没有错的，维护自己的家，有什么错呢？但我又有什么错呢？痴心地爱一个人，就得到自尊被任意践踏的结局？

我没有再去找柯林。

很多天以后我上了自己的网站，发现柯林做了很精心的更新。在"心灵独白"的扉页上，多了一首小诗。那首诗是这样的：

关切是问
而有时
关切是不问

倘若一无消息
如沉船后静静的海面
其实也是
静静地记得……

诗的旁边，是一朵小小的红玫瑰，开放，合拢，再开放。

我对柯林的恨在那一瞬间灰飞烟灭。

我又恢复了常去阶梯教室听歌的行程，并成功地学会了一首好听的歌，那是张艾嘉演唱的一首《爱的代价》：

还记得年少时的梦吗？像朵永远不凋零的花
陪我经过那风吹雨打，看世事无常，看沧桑变化
那些为爱所付出的代价是永远都难忘的啊
所有真心的痴心的话，永在我心中虽然已没有他
走吧，走吧，人总要学着自己长大
走吧，走吧，人生难免经历苦痛挣扎
走吧，走吧，为自己的心找一个家
也曾伤心落泪，也曾黯然心碎，这是爱的代价
也许我偶尔还是会想他，偶尔难免会惦记着他
就当他是个老朋友啊，也让我心疼也让我牵挂
只是我心中不再有火花，让往事都随风去吧

所有真心的痴心的话仍在我心中，虽然已没有他……

我在无人的地方轻轻地哼唱这首歌，我发现自己唱歌其实也很好听。要是有机会，我想我可以唱给柯林听。那些曾经付出过的代价，已让我变得成熟、优雅和懂事。

罗大佑的演唱会如期举行了，只是张艾嘉没有来。听说是因为她的儿子被绑架了，所以没有了心情。这个世界总有人不如意，再出色的人也会有失落和痛苦。我独自去听了罗大佑的演唱会，旁边的位置是空的。

但我清楚地知道，爱情，来过，我的心里。

野百合也有春天

若玫是我初中时的死党。

你看她的名字或许会想：若是一枝玫瑰？

其实不是若是，若玫就是一朵玫瑰，我没见过比她更像一朵玫瑰的女孩子。

有的女孩生下来就是被娇宠的命，若玫就是。十四岁开始她的身后就跟着一大帮的男生，纤手一挥，什么样的体力活都不用亲自动手。这就罢了，她还有一个比她大八岁的哥哥，这在我们同龄的女生看来是不可思议而又令人羡慕万分的事。记得那时刮点风下点雨，我们都顶着大书包拼命地往家赶，若玫会有她哥哥骑着摩托来接，给她套上透明的雨衣，还替她细心地理好衣角再扶她上车。

女孩们嫉妒得直咂舌头。

不过和我变成好朋友后若玫就拒绝她哥哥的接送了，宁愿和我冒着雨或是顶着一把小花伞说着心事回家。若玫喜欢我是因为我勇敢，我敢和最凶的数学老师顶嘴，还敢站在教学楼四楼的窗台外面一边擦玻璃一边冲里面的人做鬼脸，慌得若玫直跳着向我挥手说："死叶叶，求求你快下来，你再不下来我心脏病要犯啦。"

如果说若玫是玫瑰，我就是一株小小的野百合，相互映衬着长大。只是若玫视我如知己，所以我从不自卑。

我和她哥哥的第一次接触是在若玫的十四岁生日那天，若玫对她哥哥说："这是我最好的朋友叶叶。"然后对我说："这是我大哥若松。"

若松伸出手来和我握手，我吓得脸通红，忽地往后一跳，逗得他们兄妹俩哈哈大笑。

我就是在那一晚爱上若松的。

即使是很多年以后，我也觉得用一个"爱"字并不过分。

若松很会唱歌。若玫是五音不全的，我真没想到她有一个那么会唱歌的哥哥。

那是夏天的夜晚，就在若玫家的客厅里，他抱着吉他，一首一首地唱给我们听。"世界不像你想象的那样悲戚，每当春风吹过，树叶在枝头绿呀绿，夏天刚刚开始，蝉儿在枝头谱着歌曲……"都是我们从来没有听过的歌，他的嗓子干净极了。唱的时候，他偶尔会看我，我就羞涩地低下头去。

奉若玫之命，那晚是他送我回家的。我坐在他的摩托后面，紧张而慌乱地拽着他的衣服，心里波涛汹涌，恨不得永远也不要到家才好。

下了车，他对我说："叶叶，慢慢上楼，我看着你。"

他的声音真温柔，长得也很好看。回到家我怎么也睡不着，满脑子都是他的歌和他的样子。我叹着气想，一家子不是俊男就是美女，真不知道若玫的妈妈前世修了什么福。

那以后我常常希望若玫能邀我到她家去玩，若玫要是老不请我，我就找借口去。运气好的时候总能碰到她大哥，他叫我丫头，拍拍我的头说：“丫头，又长高这么多！”我喜欢他叫我丫头，心里甜到不像话。

不过，年少的情感只有对自己来说珍贵，在别人看来，不是不可救药就是不值一提。我很小心地守护着自己的秘密，不让它有一丁点儿的外泄。

就这样苦苦地长大了。

虽然高中不和若玫在一个学校念书，但我们的关系还是很好。也许是爱屋及乌，若松也很关心我，在我十八生日的时候送我很漂亮的皮夹子。我爱不释手，捏着它背书和苦读。

高三一晃就过了。

高考结束，我考上了一所南方的大学，若玫则留在本地念书。从车站送我走的时候，若玫抱着我泣不成声：“叶叶，你走了我会寂寞。”我拍拍她的肩表示安慰。越过若玫的肩我看到若松，他拎着我的一大袋行李，目光深邃难懂。

直到车开，他才说了两个字：“保重。”

我说：“好。”

然后很平静地跟他们挥手再见。

直到车开了，我才坐在车厢里开始不停地流泪。对面的阿姨说：“丫头是第一次出门吧，别难过，下一次就会好多了。”

她不知道我哭并不是舍不得离开家，我其实只是舍不得离开若松。尽管我和若松之间，什么也没有发生过。

没有我的若玫当然不会寂寞，恋爱故事一个接一个，因为美女永远也不会有寂寞的机会。离家的第一个中秋节，我站在秋风瑟瑟的操场用 IC 卡给妈妈打完电话后给若玫打电话。若玫不在家，电话是若松接的。我问他中秋节好，他很礼貌地问我在外面还习惯吗，有没有哭过鼻子。我有些骄傲地说："女孩们都在宿舍抱着电话哭呢，只有我没有。但电话不够用，我只能到操场来打电话。"

"勇敢有奖，"若松说，"回来请你吃哈根达斯。"

我笑："你还知道哈根达斯？"

"若玫天天吵着要吃，"若松说，"跟着她永远走在时代的最前端。"

"对，我还记得她初二时穿那种细高跟的吊带凉鞋，被我们老师骂个半死。"

"呵呵，"若松说，"冷不？"

"还好。"我以为他要挂电话，真有些舍不得，谁知道他说："那把电话号码告诉我，我打过来给你。"

那晚我站在操场上和若松聊了差不多有半个小时。在这之前，我和他之间从来没有说过那么多的话，听筒捏在手里都微微地发烫了，直到他说："去睡吧，做个好梦！"

我很甜蜜地挂了电话，回到宿舍满面红光。下铺的女孩看着我说：“叶叶你不是恋爱了吧，怎么在悲伤的中秋节能有这么好的气色？”

“谁像你们那么没出息？”我掩饰地说，“迟早是要离开家的嘛。”

第二天若玫就给我打电话，原来是昨晚玩到差不多十二点才回家骨头都快散架了，所以没打电话祝我中秋快乐。

“去你的，”我埋怨说，“你心里哪里有我？”

“赌咒发誓。”若玫说，“不过叶叶你怎么还不谈恋爱啊，你不谈恋爱叫我怎么对你放得下心啊？”从若玫的语气里，我看出若松并没有告诉她我们昨晚通电话的事。

我当然也不会提，只是说：“我绝不会在校园里恋爱。”

若玫骂我不开窍，我却不敢告诉她，我爱上了她大哥，爱了整整六年了。

除了她大哥，我谁也看不上。

大二的那一年，若松来我这里出差。这一年若松近三十岁，不再弹琴唱歌，而是经了商，在一家很大的电脑公司做到很高的职位，年薪颇丰。我妈和若玫托他带了一大包家乡的小吃给我，他还带我到很高档的饭店吃饭。第一次和他单独相处，我就像一个彻头彻尾的小傻瓜。若松一边替我夹菜一边说：“叶叶念了大学变文静了？”

“才不是。”我回嘴说，“我一直这么文静来着。”

若松哈哈大笑："你和若玫疯在一起的时候当我都没看见？"

我红了脸，说："若玫的生活还是那么丰富多彩吧？"

"是啊，"若松叹气说，"也太丰富了一些。"

"你妹妹是你家的骄傲。"

"你也不差啊。"若松说，"和你比起来，她的自理能力就差多了。亏得她没有考走，她要是像你这样在外面念大学，我妈非逼着我陪她不可。"

"那是她有这个福。"我有些酸酸地说。

"呵呵。"若松不置可否。

吃完饭，若松问我："还想去哪里玩吗？若玫让我一定要好好陪陪你，不然回家饶不了我。"

"那唱歌好吗？"我鼓足勇气说，"好久不听你唱歌了。"

"呵呵，好。"若松出乎我意料地爽快地答应了。

那晚若松为我唱了好多的歌，我点什么他唱什么，我深深地沉醉在他的歌声中，很多从不敢幻想的东西在我心里来回游移。

最后若松说："叶叶，我唱了这么多，你也该唱一首了吧？"

我扭捏了很久，终于点了一首我喜欢了很多年的歌——《野百合也有春天》。

"仿佛如同一场梦，我们如此短暂地相逢。你像一阵轻风轻轻柔柔吹入我心中……"我第一次发现自己唱歌的声音竟然是那么好听，我唱歌的时候，若松燃起了一根烟，他在烟雾袅袅中看着我唱，我又紧张了，死死地盯着屏幕，只是眼睛不知道为什么花了，怎么也看不清屏幕上的字，一首歌唱得虎头蛇尾。

唱完歌已是深夜了，若松还打车送我回学校，一路上叮叮嘱嘱的，仿佛我是他亲妹子一般。我说不上来地幸福，告别的时候忍不住叫住他：“若松。”

“嗯？”他回过头。

“谢谢。”我说，“今晚很开心。”

“丫头别跟大哥客气啊。”他笑着说，亲热地捏一下我的脸。

“丫头长大了。”我鼓足勇气说。

“那么好，”若松说，“大丫头再见！”

若松走后，我好多天还沉醉在那晚的记忆里不能自拔。

暑假。

我迫不及待地回家，希望能早点看到若松。我想其实有很多话是可以跟若松说的，年龄不是问题，一切都不是问题。虽然没有若玫漂亮，但我确信我已经长大，长成了一个讨人喜爱的大姑娘。

去他家的那天刚巧若玫心情不好，我问她为什么，她死也不肯讲，只是约我看晚场电影，看完电影还要去酒吧。我依了她。但回家的路上，我们不幸被几个喝醉酒的小混混缠住，为了保护若玫脱身，我的肩上挨了重重的一刀。

医院里，若玫抱着我哭得死去活来，我疼得脸都发紫还直安慰她没事。直到若松来到我的病床前，我才抑制不住地哭得像个泪人儿。

若玫抽泣着说："大哥，叶叶都是为了我。"

"还说？"若松很凶地朝她一板脸说，"这么大了还一点不懂事！"

"别骂若玫。"药性上来了，我气若游丝地说。

"好。"他用手指轻轻地触了一下我的脸说，"你好好休息。"

我就在那带有魔力的微触中入睡。

然而我出院没多久，就听说，他快要结婚了。

我见过那个幸运的女孩。也是美女，刚从美国留学回来，穿名牌衣服，跟我打招呼的时候，用的是英语。

我英语一般，只好跟她支支吾吾。

若玫不喜欢她的准嫂子，背对着她朝我做鬼脸。她大哥见了，冲她一瞪眼，若玫吐吐舌头，乖乖地拉了我出门逛街。阳光很好，我的心碎成一片又一片。

真好笑，我什么都来不及说。不为人知地恋爱，又不为人知地失恋。

我想送若松一样结婚礼物，想来想去，也许最好的礼物是我这些年来一本一本的日记，写满了对他的牵挂、思念和崇拜。我一直不是一个任性的女孩子，但事到如今了，我对自己说，任性一次又何妨呢？我并不想得到什么，我只希望若松还来得及知道我的心，这样我就没有白白地爱一场了。

我顶着烈日到了若松的公司，他正在忙，见了我，二话不说放下手中的活，请我到对面的咖啡店坐坐。

“祝你新婚快乐！幸福就……就好啦，比什么都好！”我有些语无伦次。

“还疼吗？”他替我往咖啡里放了两粒糖，俯过身子来问我。

“疼。”我说。其实我说的是心疼。

“那就好好在家休息，别到处乱跑。”

“我来祝你新婚快乐。”我说。

“还早着呢，”若松说，“我看你比若玫还着急，怎么都担心我娶不了老婆？”

“不是不是。”我慌乱地摇着手说，“你要想娶，不知道有多少人排着队呢。”

“小丫头嘴真甜。”若松说，“要是真有这一天，我请你维持秩序好啦。”

“不，”我低着头说，“我想加塞儿。”

“呵呵。”若松不以为然，“小丫头还挺幽默。”

我站起身来，把那一大包日记往他面前一推，然后我就跑掉了。

接下来的几天，我大门也不敢出，就在家里等若松的电话。我想他总会给我一个说法的，我了解他并且相信他。若松的电话没来，若玫倒是打电话给我了，在电话里向我诉苦说：“哥哥不让我晚上出门，我闷到死。”

“你就行行好，”我说，“让你那些狂蜂乱蝶休息休息！”

“死叶叶，”若玫骂，“越发会损人了。”

“你哥哥呢？”还是忍不住问。

“和那洋妞在客厅里看电视，像两尊门神，想溜出去都不可能。”

我的心里划过一阵疼痛，若松在陪他的女朋友。或许，他根本就没有时间去翻那些我自说自话的东西。

“好叶叶过来陪我。”若玫在那边发嗲说，“再替我带两对辣鸡翅、一根玉米棒和一盒土豆泥。我饿。”

“饿？”

“减肥，晚饭没敢多吃。”

“再减你进难民营吧。”我没好气。

“你不知道瘦骨美人现在多流行。”她说，“快来，快来，我哥说买双份，他请。”

当我拎着肯德基进她家的时候，正碰到若松的女朋友夺门而出，视我如空气，脸色铁青地拂袖而去。若玫在客厅里，委屈地嘟着嘴。

“怎么了？”我问。

若玫见我如见救星，连珠炮似的说：“她在我家讲英文，我受不了她了就问她会不会中文，她说会，只是习惯，我说‘你在我家就得按我家的习惯’，她说‘你真是被你哥宠坏了’，我就骂她狐狸精，她就这样气跑了。”

“呀！”我说，“若玫你怎么可以这样？”

“我就是看不惯她。”

“你哥呢？”

“露台上。你去劝劝他吧，叶叶，我洗个澡消消气。”

若松在露台上抽烟，见了我，若无其事地说：“哦，叶叶来了？”

“若玫任性。”我说，“你别怪她。”

“怎么会？”若松说，“我不会生她的气的。”

“你不去追？”我问道。

“呵呵，”若松说，“想回来自会回来。”

“我来要回我的东西。”我压低声音说，怕若玫听见。

“什么东西？”

“你知道的。”我快被他逼得哭出来。

“不还了。”他有些霸道地说，“给了我还想要回去？”

我无所适从。若松你是什么意思呢？

“你还小。”若松说，“故事长着，开心点？”

“若松，”我尽量语气老成，想和他平起平坐，“要知道没有合意的主角，就没有任何故事而言。”

“可是很多时候你不能做导演，选角的事岂能由自己？”说完，他拍拍我的肩，进了自己的房间，一直都没有出来。

若玫洗完澡，碧罗轻衫，她真美得令人炫目。我看着她感叹说：“像你这样的美女，告诉我，你还会缺什么呢？”

“爱情。”若玫趴到我肩上来。

“是太多应付不过来吧？”

“我只想要唯一。”

“呵呵，”我说，“我们的公主为谁欢喜为谁忧？”

“叶叶，叶叶！”若玫靠着我说，“有件事我才知道。”

“什么？”

“我大哥不是我亲大哥。我妈妈以前以为自己不能怀孕，就领养了我哥哥。谁知八年后又意外地怀上了我。”

我犹如五雷轰顶。

“我爱他。”若玫说，“从我知道真相的那一天起，我就想嫁给他。其实我妈妈也有这样的意思。我妈说，我太任性了，只有他能管住我。但是叶叶，我不想他是为了报爸爸妈妈的恩才娶我。”

“你哥哥那么疼你，”我说，“你要什么他会不给你？”

“真的吗？”若玫转忧为喜，“我想告诉他我的心事，你说妥不妥？”

“妥。”我抱抱她，其实是我自己觉得冷。

走出若玫的家，我脚步凌乱，如果说我以前还带有一些什么幻想的话，现在也早就消失殆尽了。

曾经以为自己是一个懂爱的女孩，才可能将一份爱埋在心里那么多年。直到现在，才明白自己其实完全不懂爱情真正的面目，它变幻莫测，转身之间就会令你绝望。

我又回到了南方继续我的学业。

之后的假期，我忙着参加各种各样的社会实践，或者背一个小小的背包进行自助旅行，就是没有再回过家。

毕业以后，不顾众人的反对，选择了一份可以留在南方的工作。家乡的朋友都渐渐地淡了，只有若玫常常会给我来电话，报告她和若松爱情的进程。

“太熟了。”若玫说，“没什么新鲜感，但我想，也许我生下来就是属于他的玫瑰，所以我幸福。”

“祝福你们。”我说。

“叶叶，我们结婚你会回来吗？”若玫说，“我哥说你该回家一趟了。”

“还叫他哥？”

“改不过来了，就叫一辈子吧。”若玫咕咕地笑，“你呢？还没有等到值得爱的人吗？”

“月上天自明，春来草自青。”我说，“不着急。”

“叶叶啊，”若玫说，“我真怀疑你不解风情。”

我笑笑，挂了电话。

他们结婚的时候，我到底没有回去。但我寄了很贵重的礼物，两枚白金的戒指。想象他们戴着它们，携手走过漫长的红尘岁月。

就在他们结婚的前一天，我收到了一封特快专递。是若松寄来的，一张纸上面，只用笔写了一个网址。

我飞快地上网。

那是若松为我制作的一首Flash，歌名叫作《野百合也有春天》。我曾面对面为他唱过那首歌，在我每本日记的扉页上，都是这首歌的歌词。

Flash 制作得非常精美，歌曲的最后跳出一行字：

“送给叶叶。答应我，你要幸福。若松。”

我该如何告诉若松，我幸福。我真的幸福。我已经在善良和宽容里找到我的春天。也明白了，爱，原来真的不一定要真正地拥有。

星星堆满天

云盘山，是我和明阳常去的地方。

那里风景秀丽，是即将被开发的旅游区。由于去的情人比较多，也有人称之为“情人山”。不过因为地处市郊，治安不是太好，偶有打劫事件发生，所以晚上人不多。

一入夜，山顶上往往只有我和明阳两个人。微风轻吹，夜色怡人。我们是不怕劫匪什么的，因为明阳是警察，赤手空拳对付几个人根本没问题。

满天星星眨着眼的时候，我常常在明阳的身边睡着，做很多古里古怪的梦，有时还说梦话。不过明阳从不叫醒我，我要是睡到半夜他也陪着我，把他的衣服披到我身上，把我搂得紧紧的，什么抱怨也没有。

女友们都羡慕我，找一个如此强壮又如此听话的男友，整天陪我干那些稀奇古怪的小丫头才会干的浪漫的事，我说东就往东，我说西就往西，实在是过瘾。明阳的朋友却都替他不值，老婆漂亮有什么用，不会做饭这后半辈子还怎么过？

阿锋是明阳的铁哥们，当着我的面他就替明阳抱过不平，认为我该多多关心明阳，那么大的个儿总不能天天吃方便面。我疑惑地问明阳说：“你天天吃方便面吗？”

明阳笑笑说：“哪能听他的？”然后又抱抱我说：“秀色可餐，吃什么都无所谓。”

阿锋做晕倒状。

我也觉得甜蜜，因为明阳很少甜言蜜语。

准确地说，他根本就不会甜言蜜语，偶有一两句，实属铁树开花。

不过爸爸妈妈很喜欢他。明阳到我家，妈妈总是视他如上宾，拿出看家本领来做菜给他吃。有一次妈妈下楼拿牛奶忘了带钥匙，刚巧明阳到我家来找我，他二话没说就从邻居家的阳台上跳了过去开了门。我听了，惊得一身冷汗，要知道我家在五楼呀，我骂明阳笨，再等十分钟我不就回家了吗？

明阳笑呵呵地说：“你才笨呢，大好的机会我不表现一把？”

“再表现也不能拿命开玩笑呀。”

“星星你真的怕我死啊？”他问我。

“废话。”我一拳打在他肚子上，他纹丝不动，我的拳头却疼了半天。

他嘿嘿傻笑，替我揉手。

我想妈妈说得对：“有这样的丈夫，安全。”

只是明阳的工作常常要和不法分子交锋，有些不安全。不过明阳安慰我说：“我会爱惜自己生命的，我要照顾你一辈子呢。”

铁树又开一次花，我乐得笑不动。

虽然明阳和我从小想象中的那种白马王子有一定的差距，但我不曾怀疑，我真的会跟他过一辈子。只是那时的我还不知道，“一辈子”是个太长的名词，稍不留意，就会拐个弯，拐到你从没想要去的地方，差一点让你回不了头。

遇到纪汉文，就是我从来也没想到过的事情。

我在市里最好的酒店做前台服务小姐。纪汉文是我的客人。他一来就包下酒店里最好的套间，并问我到云盘山怎么走，我忍不住多看他两眼。

“远着。”我说，“打的要十八元。”

“谢谢。”他说，“那还不算太远。”

出于职业本能，我很礼貌地告诫他说：“先生晚上最好不要独自去那里，不太安全。”

“哦？”他说，“听说你们N市的治安很好啊。”

“哪里都有不法分子。”我微笑着说，“我只是友情提醒。”

酒店里客人很多，全是有钱人，我见多了，并不在意谁来谁走。不过纪汉文给我的第一印象就非常深刻，他很儒雅，一看就是个成功的商人。

最主要的是，一个外地人，一来这里就找云盘山，不知是何用意？

秋天，天已凉。

酒店里冷气很足，我冻得手指冰冰的。

接过我手里的钥匙牌的时候，我们的手不经意相触，他说：“小姐你有些冷，小心别感冒了。”

我以笑作答。

上班时间不能和客人多话，更何况经理已在不快地看我。不过他走后，我在电脑里重温一眼他的资料。纪汉文，广东人，一九六六年出生。

三十早已出头。

看不出来，他看上去很年轻。

那些天我们前台有人告假结婚，人排不过来。我很久轮不到休息。上班累不说，还得看大堂经理那张冰冷的脸。我们的经理快三十岁了，她对客人和上司笑起来永远是甜甜的，对我们却从来没有过笑容，原因很简单，妒忌我们比她年轻漂亮。但是上面很赏识她，认为她很会管理，看样子她还会一路升上去。惨的是我们，在她的手下不能做错事，不然日子真是难过，训一顿算是轻的了，动不动给你小鞋穿，奖金被扣得七零八落。私底下，我们都叫她老巫婆。

忙起来当然没时间约会，明阳想我，打电话到前台来找我。不巧正好是老巫婆接的，黑着脸把听筒递给我。

明阳说：“星星，什么时候轮到你休息啊？我带你去云盘山玩，不然天凉了晚上就不好去了，会冻到的。”

老巫婆就站在边上，我不敢多话，支支吾吾。

明阳说:“是不好讲话吧，那你有空了打给我，我手机一直开着。”

“好。”我说。

我挂了电话，老巫婆发言了，她要说的话我早知道：“程星星，上班时间不许打私人电话你都不知道？让我说你什么好呢？”

我低着头，任她数落。

恰好纪汉文来前台寄存东西，老巫婆一转身，他就很幽默地对我说:“我赌你到了她那个年纪还是比她漂亮，而且脾气会比她好。”

“不想我被扣奖金，就别和我说话。”我没好气地说。

“当心我告你对客人不礼貌。”他微笑着警告我。

“随您便。”我把寄存单递给他说，“先生请收好。”

他很认真地看了我一眼，然后说：“何时下班？我请你喝咖啡。”

我有两年的工作经验，知道怎么对付这样的客人。我低声说：“好，我下班的时候打你的房间电话。”

“别是空头支票。”纪汉文说，“我可等着呢。”

“祝你好运。”我说。

终于等到下班，不过已是深夜。我打电话让明阳来接我，怕他在门口等，换了衣服急匆匆地往外走。明阳没等到，却看到纪汉文。他看着我说：“我打听过了，你这个时候会下班。”

“省省。”我说，出了酒店的门我一向伶牙俐齿，“我男朋友马上会来接我。你得靠边站着。”

“你长得真像一个人。”纪汉文感喟说，“我看到你第一眼就吓一跳。”

“编吧，”我说，“我听着。”

他掏出一张照片给我看。路灯下，我吓了一跳，以为是我自己的照片。但是我没有穿过那样的衣服，那样的品牌只在杂志上见过，价格非我能承受。这一点我还能肯定。

“谁？”我尖声问他。

“想知道？”纪汉文说，“想知道就陪我去酒吧。”

这种泡妞的招数不算高明，尽管我好奇心不小，但我可不愿意去冒这个险。我们酒店里的小姐因为跟着客人出去丢了工作的例子不少。我很在乎我的这份工作，我得存钱，和明阳一起买套小房子，然后结婚。

我的女友兰已经在离云盘山不远处有了自己的别墅，和她比起来，我的愿望其实很低微。但是她嫁了个半老头，从这点来说，我觉得自己比她幸运。

没有文凭只有姿色的女孩子，如果洁身自爱，总要比别人活得苦一些。

等了很久，明阳也没有来，他很少迟到，我有些焦躁不安。何况身边还立着个陌生男人执意要请我喝酒。

BP 机响了，是明阳。

纪汉文把他的手机递过来，我不客气地拿了回电话。

明阳一边跑着一边说话，说是队里有急案，来不了啦。

“没事。”我说，“我打车回去好啦。”

“行。”明阳说，“自己小心。”

手机还给纪汉文，他笑着对我说："你看，上天给的缘分。"

"呵呵，"我说，"可惜我从不泡吧。"

"不信。"汉文说，"你这么年轻漂亮的女孩，怎么会不坐酒吧？"

"我是好女孩。"我说，"而且没钱。"

"我是好男人。"汉文说，"见你如他乡遇故知，我无非分之想，你大可放心。"

"泡妞的男人都这么说。"我挥手叫的。

我上车的刹那看到他的表情，有些落寞。他穿深灰色的西服站在秋天的夜色里，那表情我怎么觉得似曾相识。

竟有些被打动。

一个陌生的男人在这个陌生的城市里，有他自己的寂寞。虽然这寂寞与我无关，可我是个同情心极强的女孩子。何况他手里有张照片，虽然那女孩不是我。

可她真的和我很像。

世界很小，离奇的故事很多。

我没有太在意。

第二天我睡到日上三竿。梦里一个长得和我极像的女子一直带着我往前走，风景很像云盘山，她叫我妹妹，我在山顶惊异地回头，差点一失足掉下去。

醒来喊着明阳的名字，一身冷汗。

妈妈刚买菜回来，给我带了我最喜欢的小笼包。我狼吞虎咽，想着那诡异的梦，问妈妈说："我可有孪生姐妹？"

妈妈吓一大跳，看着我说："胡言乱语什么呢？"

"没什么。"我只是随便问问，可是没想到妈妈反应这么强烈。我闭了嘴。

中午的时候妈妈躲在房间给爸爸打电话，见我进去，神情紧张，电话嗒一声就挂断了，还挂反了。我替她顺过来，问她说："妈妈你怎么了？"

"没什么。"她说，"我到楼下收水费去。"

我心生疑惑，趁她出门，电话打到纪汉文的房间。

纪汉文笑着说："我在等你电话。"言语中一切尽在掌握。

"你究竟是谁？"我问他。

"纪汉文。"他说，"中午我请你吃饭如何？"

明阳打来电话，说是晚上才有空，我瞒着他赴纪汉文的约会。

好在是在很高档的酒楼，明阳应该不会在那里出现。

纪汉文早在那里等我。偌大的包厢，就我们两个人，服务小姐笑容可掬，我一看，竟是我职高时的同班同学莉。

我们念的是酒店管理。

我早该想到这一点。

莉偷偷对我眨眼，言下之意明明白白。

我有些脸红，又不知如何解释。趁纪汉文上洗手间，莉问我说："怎么？终于甩了那大高个了？"

“别瞎说，”我说，“这人连朋友都谈不上，我只是有事找他。”

“怕什么！”莉说，“他一看就有钱，比你那大高个强多了，抓紧了别放！”

“让给你吧。”我说，“我对有钱人没兴趣。”

“他点了最贵的菜。”莉说，“你好好享用吧，有事尽管吩咐。”

不能让他白花钱，我吃得很卖力，纪汉文在我边上看着我吃，他只是淡淡地喝一两口酒。我等着他说话，在我吃饱之前我不想先开口。

他终于说话了，说：“老天，我没见过这么能吃的女人！”

我看着他。

他又说：“你们真的很不一样。”

这才是我想要的正题，我声音有些颤抖地问他说：“谁？谁和我不一样？”

“你姐姐。”纪汉文说，“你姐姐月月。”

月月，哦。

我叫星星。

她是我姐姐，我从来没听说过我有一个姐姐。

我说：“她呢？”

“她死了。”

我惊得手中的筷子快掉下去：“怎么死的？”

“自杀的。”纪汉文说，“在山顶上，她就这样把自己扔了下去。”

“你很会编故事。”我讥讽说。

“不信你可以到孤儿院查，二十年前，你和你姐姐分别被两家人抱走。”他的口气不似说谎。

我的天！

我看着纪汉文，我看不懂他脸上的表情，但是我忍不住问下去：“那你呢？你是她什么人？”

“丈夫。”

“她应该跟我一样大，怎么会找你这么老的人做丈夫？”我震惊之余还算清醒。

“我有钱。”他微笑着说。

我把面前的酒泼到他身上，有钱了不起？我最恨别人说自己有钱。偏偏这个有钱人还告诉我一些我不愿意知道的事情。

这些事情让我悲伤。

我一悲伤就不能自控。

我没想到爸爸妈妈会有这么大的事瞒着我。

我没想过我不是他们的亲生女儿。

莉进来上菜，看到这一幕，忙拿了手帕替纪汉文擦西服，纪汉文摆手让她不必忙。莉半开玩笑地说：“先生别生气，这小姐脾气自小就坏。”

“看出来了。”汉文说，“真是够坏的。”

我伏案痛哭。

莉出去，替我们带上门。

纪汉文走到我身边，他俯身对我说：“对不起星星，对不起让你知道这件事。请原谅我的不得已。”

“你究竟想干什么？”我抬起头问他。

“想请你帮忙。”纪汉文说，“我此行专门为此而来。”

我停止哭泣。

“是这样的，”纪汉文说，“你姐姐走后我们一直不敢告诉我妈妈，我妈妈一直住院，是绝症，我不想她再受打击。听月月的养父告诉我月月其实还有个孪生的妹妹，我就查到了关于你的一切消息。”

“查我？”我惊讶地说，“你都知道我些什么？”

“知道你喜欢去云盘山，和你的警察男朋友一起。知道你工作不如意，天天被一个老女人骂！”

我悚然：“你究竟想要我做什么？”

“安慰我母亲。”纪汉文说，“她视你姐姐如亲女儿。”

“好笑！”我说，“我凭什么相信你？再说，这事又与我何干？”

“你要是不信，”纪汉文说，“可以去问你妈妈。至于你，我不会让你白干，至少付你十万。你的工作很简单，就是常常到我妈妈面前晃晃。医生说过，我母亲活不过一年。”

有这么好挣的钱？

祖坟冒青烟？

我的脑子飞快地转着，一年十万！相当于在这个酒店至少要干十年，还不必再受那个老巫婆的气，真是个好差事。

我给自己倒了一杯酒，喝干了，然后我对汉文说：“明天答复你。”

他很满意，打的送我回家。车上我问他：“那个月月，为什么要自杀，是不是你害的？”

“我没时间陪她，她得了轻度的抑郁症。后来发展到臆想，总认为我和女秘书有染。我对她关心不够。”纪汉文说，“她走后我一直寂寞。”

“我相信。”我说。纪汉文一看就是一个寂寞的男人。

还是个孝子，我虽替我没见过面的姐姐伤心，却也不太恨纪汉文。

要是我，才不会那么傻。

从山上坠下，粉身碎骨。真不是一般地傻。

回到家里，父母已严阵以待。

我问他们：“真的？”

妈妈点头，说：“纪汉文找过我们，我们没同意，没想到他卑鄙到自己来找你。”

“没什么。”我俯身跪到爸爸妈妈中间说，“一切都没有改变。真的没什么。”

然后我打电话给明阳。

明阳很快赶到。妈妈视明阳如救星，把我交到他的手里。我趴到明阳的肩上说：“明阳，明阳，居然有人不知道自己从何而来，父母是谁。”

“好啦。”明阳抱着我说，“将来我们的孩子一定是幸福的。星星我们结婚吧，我就快凑齐买房的钱了。”

“好。”我紧紧抱着明阳说，“我们结婚。”

三天后我随纪汉文登上了去南方的飞机。我没有告诉明阳真相，因为他如果知道，一定不会让我去。我只是给他留了一封信，告诉他等我回来，我一回来我们就结婚。

纪汉文很体贴地替我系好安全带。飞机起飞的刹那，我感觉我其实并不是单单为了钱在做这件事，冥冥之中仿佛有什么在牵引着我一路而去，令我身不由己。

到了纪汉文的家才知道他真不是一般地有钱，我的姐姐过的真不是一般的富足生活，只可惜她想不开，命短。

纪汉文拉开她的衣橱说："要是不介意，她的这些衣服随你穿。要是介意，我再替你买。"

我挑了很久，那些衣服都不适合我。我对纪汉文说："还是穿我自己的自在些。"

"那可不行。"纪汉文说，"别忘了你的工作。"

那夜我在姐姐的床上入睡。纪汉文说姐姐一有点响动就睡不着。所以他们结婚不久就分房睡了。她的床很柔软，我一觉睡到天亮，一点也不怕，也不觉得陌生。

第二天一早，我穿着姐姐的紫色长裙到厨房里给自己做早饭吃，端着面条出来的时候正碰到纪汉文下楼。他一见我，如被人点穴，痴呆呆地叫我月月。

我说："对不起，我是星星。"

那一刻我知道他很爱我姐姐。

是我姐姐没有福气。

我问他："吃面条吗？我给你下鸡蛋面。"

"吃！"他肯定地说，"只是太麻烦你了。"

"没什么，"我提醒他，"你可以加我工钱。"

他掩面说："你不能说话，你一说话就不像她，她永远懒懒的，提不起精神来，我看到她的第一眼就爱上她的懒，认定那样的女人是我的，可是我的爱害了她。无论如何，她再也不会回来。"

"好了，"我说，"好啦好啦，吃完饭开工喽。"

纪汉文的母亲住在医院里。

那医院环境不错，后院树林郁郁葱葱。我们推她出来散步，她不停地埋怨我来看她太少。

"以后保证一天一次。"我说。

"你看来心情不错。"纪汉文母亲说，"说话声音都脆一些。"

"当然。"我胡诌说，"我最近深感活着的意义。"

纪汉文焦急地朝我挤眼，我才发现自己说错话。可他母亲并不介意，亲热地摸我的头发，说："怎么剪短了，你还是长发好看些。"

"你儿子说短发好看。"我朝纪汉文挤眼。他不睬我，眼光飘向一边。

从医院一出来，他就说："你真是世界上最拙劣的演员。"又说："不过我想我妈妈会喜欢你。"

我可不想演谁。

但我很尽职尽责地做着我的工作，陪他妈妈打扑克下棋看言情小说，汉文的母亲脸上一日比一日有光泽。

医生恭喜我们说："她可能会比我们预料的情况要好许多。"

纪汉文惊喜，我却怅然。随着时光的流逝，我对姐姐的好奇已消失殆尽，我只想早点结束这份工作，拿到钱，回家和明阳结婚。

可是看来事与愿违。

我想明阳。

我给他打电话，他冷冷地说："有事你回家我们再说。"

电话挂了，不容置疑。

我哭了，纪汉文在身后看我，给我递上一张纸巾。我抽泣着对他说："我后悔了，纪汉文。钱能害死人。我不想干了，我要回家。"

他安慰我："你别担心，如果是爱情，随时都会在原地等候。"

"我要是过惯了资本主义的生活，就不能回头了。"我说，"我现在连打的都觉得自己委屈。"

"呵呵。"他竟然笑了，说，"看你！透明得像一张纸。"

晚上他带我去很高档的酒店吃饭，酒店外是万家的灯火。纪汉文喝多了，说："怎么我遇到的不是你呢，星星。"

我不言语。

他又问我说："星星我要护着你下半辈子，你愿意吗？"

我还是不言语。

回家的路上，我真有些害怕。我以为他会吻我，但是他没有。

但是那晚我一直在怕，我怕得一分钟也无法入睡。脑子里晃来晃去的都是他的眼睛，那是一双深邃的眼睛，很容易让人掉进去，不知不觉。

第二天我偷偷地买好了飞机票，坐飞机回家了。

我不知道自己在逃避什么。

明阳到机场来接我，我跟他紧紧拥抱。

我住到了明阳的家，存心让纪汉文找不到我。明阳恶狠狠地说："他要是敢来，我就毙了他。"

"他是我的老板。"我说，"你毙了他我找谁要钱去？"

"荒唐。"明阳还是很不满，"真不明白你为什么要答应这桩交易。"

"谁愿意跟钱过不去？"我说，"明阳，我和我姐姐是不同的，你要放心我。"

"放心。"明阳说。

那时我们在云盘山上，明阳说："星星堆满天，可你是最亮的那一颗。"

我想他想这话一定想了很久，这不是他说话的风格，对我的思念让他变得像个文绉绉的诗人。

我主动吻他。

在爱里沉醉。可是在沉醉的边缘，我怎么想起的是另一双眼睛？

我还是打算回南方的。

我不是那种不守诺言的女孩子。

可我还没有回去就得到了纪汉文母亲去世的消息。

电话是打到我家里的。妈妈说："纪汉文找你快找疯了，一天十个电话不止，我们打过明阳的手机了，他没有告诉你吗？"

没有，明阳没有告诉我。

我再打纪汉文的手机，关机。

我突然觉得很想念那个寂寞的有钱的男人，我觉得自己有些对不起他。我还不知道我的不告而别在他母亲的突然去世里起了多大的坏作用，但最起码，我不敬业，再不好意思跟他提钱的事，也不敢再和他联系。

我没想到的是过了不久我还是收到了纪汉文的支票。

他给了我四倍的酬劳，我一辈子没见过那么多的钱。

只是我再也没有见过纪汉文，我打听过他的消息，想把钱还给他。最后才听说他移民了，去了一个叫澳洲的地方。

结婚前，我收到过一张来自澳洲的明信片，没有地址。

我想是纪汉文寄的。

我没有告诉明阳，把它塞到了抽屉里。

我过着普普通通的日子。当我煮一碗面吃的时候，偶尔会想起纪汉文，想起他吃着我煮的面的时候对我说过："你可以是一个很好的妻子。"

我的确做了一个很好的妻子，明阳也这么说。

只是不知道纪汉文是否还寂寞，满天星星中，可有一颗是愿意靠近他的呢？

十年

（1）

她在候机大厅里看到他。

他唤她：“西柠。”

她迟疑了一下，说：“嗨。”

“我……是岳枫。”他说。

“我知道。”西柠说。

这是一场偶遇。

十年没见，他胖了一些，眼神里曾让她心动的那些东西却一点儿也没变。替西柠把手里的箱子接过来，他问道：“要飞哪里？”

“北京。”西柠说。

“呵呵，我也是。”

竟是同一班机，巧得不能再巧。

他去替西柠办好登机手续，两人的座位挨在一起。

上机后，他很体贴地替她放好东西，嘱咐她系好安全带。

十年前，他不是这样的。那时的他很木讷很羞涩，不会说一句讨人喜欢的话。

看来，岁月改变一个人很容易。

西柠问他："现在在做什么？"

"开了一家书店。"他把名片递给西柠说，"以后要买什么书，可以来找我。"

是才开业不久的一家民营书店，店面宽敞别致。西柠曾经去过，没想到岳枫竟会是老板。

"还以为你一直在兰州。"

"三个月前回来的。"岳枫说，"回来就忙，老同学都没来得及联系。"

"真想不到。"西柠接过名片来，低着头笑。

他却说："你还是一样。"

西柠问："什么一样？"

他说："笑起来，还是一样。"

（2）

十年前，他们是高中同学，同桌。

高三了，学业很紧张，不过有空的时候，大家还是会说说彼此最喜欢的话题，比如，XX 喜欢 XX。

西柠喜欢岳枫，就是这样被传出来的。

西柠是班长，人漂亮，成绩又好，追她的男生排成长队，可是西柠只喜欢看上去很木讷的岳枫。在西柠看来，岳枫和班上的很多男生有很大的不同，上课的时候，偷偷看他的侧面，西柠常常会不知不觉地呆住。

岳枫不是本地人，他得回到户口所在地兰州去参加高考。在他要走的时候，西柠很大胆地约过他，他也去了，在城市中心一间小小的咖啡屋，他们面对面地喝一杯咖啡。西柠说："你想考哪里的大学呢？"

岳枫想了一下说："广州。"

"看不出来你喜欢广州呀！"西柠说，"我觉得你应该喜欢上海才对。"

岳枫就点一下头，不说话了。他的话总是那么少，让西柠觉得很累，可是，很奇怪，她还是想跟他在一起。

于是西柠又说："以后我们不在一起了，你会想我吗？"

"不知道。"岳枫说。

西柠自尊心受到严重伤害，却掩饰地哈哈笑着说："笨呀，你要记住了，如果以后有女生这么问你，你就说会想的会想的呀，不会说话是娶不到老婆的呀。"

"明天要考数学呢。"岳枫说，"不如我们回去吧。"

西柠的眼泪滴下来，滴在咖啡屋茶色的茶几上，像一朵一朵冰凉的花。

岳枫用一张纸巾拼命地擦着桌面，擦湿了一张再换一张，一直到西柠忍无可忍地把他手里的纸巾抢过来说："笨蛋，这应该是给我擦脸的！"

“别哭了。”岳枫说，“你的眼睛很漂亮，哭肿了就不好看了。”

难得他也会说句好听的，西柠终于笑了。

岳枫走的前一天，班里有不少同学凑钱请他吃饭，西柠喝得很多。那是她第一次喝酒，所以很容易就醉了。从饭店出来的时候，夏夜满天的星星闪着炫目的光芒，西柠三步两步追上走在前面的岳枫，拉住他大胆地问：“你说，你到底有没有喜欢过我？”

岳枫看了一下天，还是那句话：“不知道。”

西柠愤怒地朝着他喊：“笨蛋，是不是真的不知道？”

岳枫却握住了她的手，温和地说：“西柠，你喝多了。我送你回家吧。”

岳枫的手温暖而包容，巨大的幸福铺天盖地而来，西柠的脾气一下子就下去了。岳枫就这样牵着西柠的手，一直把她送到了家门口。

分手的时候，西柠固执地问：“你会不会牵挂我？”

“你用不着我牵挂吧，”岳枫说，“你这么能干，会过得很好。”

“那我要是过得不好呢？”

“也许……会的吧。”

“那我就努力过得不好一点吧。”西柠低着头任性地说，然后恋恋不舍地抽出她的手。她希望岳枫会拥抱她一下，可是岳枫没有。

西柠转身上了楼，她进门后就冲到阳台上，发现岳枫没走，一直在楼下的黑暗处站着。西柠咬住下唇忍住眼泪，最终没有喊他。

大约十分钟后，岳枫转身离开。

就这样，一别就是十年。

（3）

大学中文系毕业后，西柠在南京的一家出版社当了编辑。

在飞机上的时候，西柠就想，不知道岳枫的书店里会不会摆有自己编辑的书。不过就算摆了岳枫也肯定不知道与她有关，做编辑从来都是替他人做嫁衣裳，西柠做过好几本畅销书，出名的都是那些作者，西柠沾不上半点名气。

巧上加巧，这一次岳枫和西柠一样，都是去参加在北京举办的全国图书订货会。他们住在同一家宾馆。

岳枫一直替西柠把行李送到房间才离开。西柠跟他说谢谢，他笑着说："老同学了，这么客气做什么？"

订货会上，岳枫在西柠的出版社摊前流连了很久，几乎订了每一本西柠编辑的书。西柠笑着说："我们社长应该请你吃饭。"

岳枫埋着头一边填订单一边说："你请吧。"

晚饭的时候，西柠打电话到岳枫房间："一起吃饭，好吗？"

"好。"岳枫说。

饭桌上，西柠与岳枫干杯，岳枫笑了笑说："你现在酒量怎么样了？我一直都记得你那晚喝醉了的样子。"

"那你记得你牵过我的手吗？"西柠问。

岳枫年少时的羞涩又回来了，他绕开话题，朝着西柠举举杯说："来，为重逢干一杯。"

"记得，还是不记得？"西柠恶作剧般地不依不饶。

“我要谢谢你。”岳枫说，“你那时候老教我怎么哄女孩子开心。要不是你，我怕真的是娶不到老婆了。”

“你老婆很漂亮吧？”西柠问。

“还行。”岳枫谦虚地说。

“比我呢？”

“那是不一样的。”

“什么不一样？”

“说不上来。”岳枫笑笑说，“不一样就是不一样。”

“怎么，你现在不说‘不知道’了吗？”西柠取笑他。

“你取笑我。”岳枫又和她干杯，“老同学留点情面，拜托啦。”

“我不能喝多的。”西柠说。

岳枫笑着说：“没关系，要是喝醉了，大不了我再牵你回去。”

十年的磨炼，西柠还是忍不住湿了眼眶。

岳枫倒是学会察言观色了：“不许哭啊，我今天没带纸巾。”

西柠扑哧就笑了，年少时的那个傻男孩，原来真的一直都住在心里。

（4）

到广州读大学后，西柠不止一次地找过岳枫。

没有人知道岳枫去了哪里，他回到兰州后就再也没有消息了。只是听说，他考上了北大。西柠很安慰地想自己真是没有看错。

岳枫的确是与众不同的，他应该有很好的前途。

想他的时候，西柠只有翻出毕业照来，在那张照片上，岳枫站在最后一排，只露出一张清秀的对西柠来说既陌生又熟悉的脸。

仍然有不少的男生追她，不过西柠都不为所动。

大三的时候，西柠终于恋爱了。男朋友是同系的，一个高高大大的阳光男孩。他很宠西柠，无论西柠说什么，他总是说："对对对，美女一向是对的。"

大学毕业两年后西柠和他结了婚，不过他们的婚姻不是很幸福。西柠和他过了两年乱七八糟的日子，再两年后，他们离了婚。

离婚的那夜，他对西柠说："我一直以为我可以忍受你的恍惚，谁知道我竟然没有这个本事。你现在可以告诉我吗，住在你心里的那个人到底是谁？"

住在心里的那个人到底是谁？

西柠也很想知道答案。

过得不好的时候，她真的是常常想起岳枫，不知道他会不会牵挂自己，牵挂一个已经不再事事如意得意非凡的高中同桌呢？

再看到岳枫的时候，西柠以为自己已经找到了答案。在北京的四天是快乐的，除了工作，她和岳枫几乎都在一起，吃饭，聊天，逛街，坐咖啡屋。

路过一间小店的时候，西柠看中了一件新衣服。小店里的小姐说："很漂亮啊，你问问你男朋友是不是？"

岳枫把手支在下巴上，点了点头。然后，他替西柠付了款。

很贵的裙子，打了八折还贵得离谱。

西柠拎着那个袋子走在他身边，一直在跟自己斗争是不是要把钱还给他。就在这个时候，岳枫的手机响了，岳枫对着电话，语气是溺爱的："爸爸很快就回来，给你带玩具。"

挂了电话，岳枫对西柠说："儿子，腻我呢，我一天不在就想。"

"你儿子多大了？"

"三岁。"岳枫说，"你有孩子了吗？"

西柠摇摇头。

"有孩子好。"岳枫说，"家里热闹。"

西柠点点头。

"他妈妈出国了。"岳枫说，"我们离婚后，一直是我带他，很累。"

西柠的心悸动了一下，没说什么。

后来，西柠独自去商场买了一大堆玩具，送到了岳枫的房间，她穿着岳枫替她买的那条新裙子。

岳枫说："很漂亮。"接着又把玩具捧在手里说："让你破费了。"说完，岳枫忽然伸出手来，摸了一下西柠的长发，然后他叹息了一声，没有别的动作了。

（5）

会开完了，他们同一班飞机回南京。

还是坐在一起。

岳枫说："这次回去找老同学们聚一聚，真的是很久不见了。"

西柠问他说："你走后就没消息，为什么又要回南京来开店呢？"

"我就是觉得我该回来了，不知道为什么。"

说这话的时候，岳枫一直看着西柠。西柠忽然觉得很累，所以睡着了。醒来的时候，发现自己竟然靠在岳枫的肩上。

飞机已经着陆。

西柠很尴尬地把头抬起来。

岳枫说："一起走吧，司机会开车来接我。"

"不用了。"西柠说，"我可以坐机场大巴。"

"那好吧。"岳枫不再坚持。

走出机场，西柠和岳枫挥手道别，上了大巴，给岳枫发了个短消息："谢谢你的衣服，还有，你的肩膀。"

岳枫很快就回了："我那时候很想亲你一下。跟十年前一样。"

西柠删掉了那条消息。不过她的心很奇怪地痛了一下，又很奇怪地痊愈了。

岳枫又发来了："何时可以再见你？"

西柠又删掉了它。

何时？

也许十年以后吧。

西柠一直没有告诉岳枫，就是三个月前，她已经申请调到了广州的一家出版社，那个岳枫年少时最渴望的城市。出完这趟差，她就要到新单位去报到了。

西柠不止一次地想离开，因为十年前，自从岳枫走后，南京对西柠就成了一座空城。

他来，她走。

缘分就是“可恶”的代名词。

等了十年，没想到竟然还是这样错过。

独角戏

夏天到来之前，宝意并没有想到自己会谈恋爱。

和夏天一起来的，是一个叫夏之平的男人。那天宝意正在办公室打一份文件，电脑突然就死机了。宝意对着它一阵砰砰地乱拍，就听见身后响起一个浑厚的男中音说：“请爱护公共财物！”

宝意回过头去，看到一个陌生的男人。个子不算高，且瘦，但穿着考究，有着坏坏的笑容。

“我的电脑！”宝意讨厌他多事，不满地说，“我知道怎样让它听话！”

“你的电脑？”那人加重语气地问。

宝意听懂了他的意思后有点脸红，强词夺理地说：“我在用，使用权是我的！”

男人笑笑，没多话，走开了。五分钟后宝意才知道，他是公司新来的主管，三十三岁，名叫夏之平。

之后的日子，宝意多少有些提心吊胆，好在很快发现，夏之平并不是一个难处的上司，做事一是一，二是二，从不拖泥带水，对人也和气。来的第一个周末，他就请全公司的人去吃饭。宝意虽生性活泼，但刚从学校毕业，还是乖乖女，并不懂得应酬。几大桌的人一起吃饭，她就觉得别扭。刚好那天夏之平坐在她边上，很体贴地替她夹菜，大家都说夏总细心，嚷着宝意敬他酒。宝意从不喝酒，左右为难，还是夏之平为她解的围，说："小姑娘，别为难她了，我喝一杯就是！"

说完一杯酒慷慨下肚。

宝意心存感激，明白他是一个懂得疼女孩的男人，忍不住悄悄地多看他两眼。

吃完了饭就是唱卡拉OK。宝意的歌倒是唱得不错，在众人的推搡下唱了一首张清芳的《花雨夜》。很有意境的一首歌，只是不适合那天吵吵嚷嚷的气氛。最后好像只有夏之平一人在认真地听，一边听一边漫不经心地抽着烟。宝意的眼神匆匆而慌乱地掠过去，就被他听歌时专注的神情俘虏了。

那之后，宝意就常常失眠。每晚躺在床上，盼着天亮起来，可以穿着自己心爱的蓝裙子去上班。多打几份文件是最好的，可以拿到他的办公室去给他签字。单恋一个人的时候，他的每一个细小的动作都会让人心动。夏之平的手指很细长，签起名来很有气质。有一次宝意就看呆了，以至于夏之平把文件递回给她的时候她竟忘了接。

"你怎么了？"夏之平问，"最近脸色都不太好啊！"

"是吗？"宝意慌忙掩饰说，"可能是太累了！"

“那我放你三天假？”

“不要了……”宝意并不领情，拼命摆手。

夏之平就很开心地笑了：“放假不要？真没见过你这样的小姑娘。”

“夏总多发奖金就是！”夏之平虽在笑，眼光却是锐利。他一叫她小姑娘，宝意就心慌意乱了，真怕他看出点什么，赶紧拿着文件笑笑，走开了。

不过宝意人虽不大，工作却是做得相当出色的。这一点夏之平看得清楚，总是在公开场合称赞她，开会的时候也忘不了肯定她的成绩，宝意在公司的地位也在悄悄地上升着。除了暗恋，宝意对夏之平还有一份感激之心，在这个日渐冷漠的红尘世界，知遇之恩也算是大恩吧！

如果是故事，有了开始，就注定要有它的过程和结局。所不同的是高手可以随心所欲地让故事朝着自己所想的方向发展，比如夏之平这样的男人。而像宝意这样不经世事的女孩，就只有听任故事的摆布了。

那天是意外，临下班了突然冒出一大堆事来，宝意只好饿着肚子埋头苦干。等到干完出来，天早在不知不觉中黑了，还落着不大不小的雨。初秋的雨已有些微凉，宝意只穿了一条薄薄的及膝裙，不由得觉得有些冷。更别提这天下着雨，她的自行车又该怎么处理才好。

夏之平就是那时从电梯里出来的，原来他也没走。看着宝意，他说："回不去了？"

"是啊！"宝意说，"雨太大了，我等会儿！"

"走，我开车送你吧。"

宝意拒绝说："不用了，自行车不骑回家晚上会丢的！"

"丢了我赔！"夏之平说，"你要是感冒了我可赔不起！"

没听过男人的甜言蜜语，宝意的脸唰地一下就红了，站在那里不知如何是好。"走啊！"夏之平说完，便一把拉过她，把身不由己的宝意带上了他的奔驰。

不过夏之平并没有直接把宝意送回家，而是带她去了一家很有名的港式茶餐厅。宝意有些不知所措地跟着他穿过一条长长的走廊，和上司单独出来吃饭的事让她内心忐忑不安，但又隐隐地不想拒绝。所幸餐厅里轻轻地放着一首很老的歌，那是宝意中意的歌，帮助她慢慢放松下来。看着坐在对面的夏之平那成熟的有轮廓的脸庞，听他对自己说："你要多吃点，你太瘦了！" 宝意就不知不觉地掉到了平日常看的言情剧的情节中去，幸福得不能自拔也不想自拔了。

吃完饭出来，雨小了不少，细细渺渺地落着，不经意会让人觉得好像是停了。夏之平对宝意说："好天气，陪你漫步花雨夜，如何？"

“好啊！”宝意也大胆起来，“夏总若愿意，我奉陪到底！”说完宝意就有些后悔。若真是玩火，自己哪里是他的对手？但戏已上演，就算不是对手也得演下去不是？

好在那天什么也没发生。散了一会儿步夏之平就送她归家，一路上彬彬有礼。可宝意躺在床上辗转反侧时，却总觉得什么都发生了一样。这种精神上的被占有，让宝意对这份虚幻的爱情充满了无限的向往和追求，甚至满心欢喜地想象起公司其他人会有的暧昧眼神来。

只是没想到第二天一早去单位，发现——自行车竟然真的丢了！

是才买不久的新车，宝意多少有些沮丧。跟同事说起时就把小偷狠狠地骂了一气。宝意生起气来时说话又快又急，像炒豆子。看夏之平拿着公文包从她的办公室经过，宝意赶紧闭了嘴。

下班之前桌上的电话响了，竟是夏之平打来的，只说了六个字：“宝意，晚一点走！”宝意来不及“哎”一声，他的电话就挂掉了。

等到大家都走了，宝意坐在办公桌前无心无绪地敲着电脑，夏之平那边也迟迟没有动静，宝意就疑心自己听错了电话，又不敢去那边看看，不知所措得要命。等待的那十分钟就像是过了十年。

终于等到他来，带着宝意到楼下。宝意看到一辆崭新的自行车，捷安特的新款，很时尚也很好看。

“赔给你的！”他说，“我说话一向算数！”

“那怎么可以？”宝意尖声地叫起来，“不可以不可以！”

“你不收我炒你！”夏之平的脸上看不出什么表情，让你疑心他说的话是不是真的。宝意有些怕，不知该说什么好。想了半天，终于鼓足勇气说：“炒就炒吧，反正我不能要！”一边说一边眼泪就落下来了。

这可是夏之平始料未及的。

当然宝意也不想在他面前哭，被人看见不知像什么话。再看看四周无处可躲，只好一转身往楼上跑去。她一口气跑回办公室，坐到自己的位子上，喘了喘气，这才把头埋下去继续哭。

直到身后传来夏之平的轻笑声：“你真是个孩子，我们公司当初为什么要招一个孩子？”

宝意不理，继续哭。

夏之平突然从身后揽起了他，把她一把扳了过来，近乎蛮横地说：“你再哭，你再哭我吻你！”

两人隔着很近的距离，宝意清晰地看到他左眼角边的一颗淡淡的黑痣，吓得全身发软，闭上了眼睛。但夏之平并没有真吻她，只是很温柔地替她擦去了脸上的泪水。

骑着夏之平给的车回家的时候，宝意有一种委委屈屈的失望。他知道夏之平是有家庭的男人，还有个四岁的孩子。“但是我完全可以不在乎啊，”宝意在心里对自己说，“如果可以，哪怕只是演一场戏，有这样的对手，也是幸运啊！”

宝意知道自己是个可爱的女孩子，又没有太多的企求，想来是值得夏之平疼爱的。不过夏之平是老江湖，这之后与她相交，举手投足之间也丝毫不露痕迹。宝意就不同了，每一天上班，心里盼望，眼睛张望，设想着无数和他之间波澜壮阔的爱情情节。遗憾的是一个星期过去了，夏之平也没有任何进一步的表示。宝意思忖再三，终于决定主动出击。

那一天还是送文件到夏之平的办公室。文件递上的时候，宝意说：“夏总，我想请你吃顿饭，可以吗？”

“哦？”夏之平抬起头来，温和地看着她说，“为什么？”

宝意没想到他会问为什么，憋了半天后说：“我想谢谢你对我的关心！”

“应该的啊！”夏之平说，“你不要客气了！我心领就是！”

被拒绝后的宝意也不知自己是怎么走出他的办公室的。女孩的自尊往往比命还重要，那一整天，宝意浑浑噩噩，简直连去死的心都有。

第二天就听到夏之平升职的消息，要调走了，到总公司任副总，听说是公司有史以来最年轻的副总。大家都争先恐后地祝贺他，语气里都有些恋恋不舍。宝意看看桌上的日历，夏之平和她在一起工作的时间，刚好是一百天。

夏之平走的时候和每一个人握手，说是自己也没想到会走，走得匆忙，欠大家一顿告别宴，一定会补上。快轮到和宝意握手的时候，宝意悄悄地溜到了洗手间。

再回到办公桌前的时候，已是人去楼空，曾有的往事连个背影也没留下。宝意恍然大悟夏之平对自己的冷淡。如果他不是要调走，宝意安慰自己说，故事该是别样的一种结局吧。她强打起精神来工作，电脑竟然又死机了！想起和夏之平之间的初识，宝意的心里落起大雨来。终于明白，自己的爱情原来自始至终只是一场独角戏，演出了相聚和别离，但对手却始终只是她自己而已。

附录：

情歌没有告诉你

[1]

才发现，这本书里小说的名字，几乎全都是歌名。

年少的时候，最想要的礼物是一台收录机。初三毕业后终于盼到，小小的红色的一台，放在写字台上，反复播放的歌曲多半是齐秦的《狂流》：

没有人能挽回时间的狂流
没有人能誓言相许永不分离
是我的错
是你错过
……

如今，这首歌早已经被人遗忘。如同我的青春，无可抗拒地被岁月淹没。

但毫无疑问的是，那是我们最好的日子，因为一首歌，所以变得如此柔软和生动。因为一首歌，才会在心中滋生出那么多的故事，才有了这样一本小说。

你还记得吗，是谁陪你唱过情歌，在你最孤单寂寞的年纪？

所幸的是，尽管你们已经错过了最好的听歌时代，在付出诸多爱的代价之后，我们依然还拥有爱的权利和激情。

那些情歌没有告诉过你，小说没有教会你的，谢谢生活让我们懂得。

如此，才有了成长最真正的意义。

—— 饶雪漫

[2]

他的样子已改变
有新伴侣的气味
那一瞬间你终于发现
那曾深爱过的人
早在告别的那天
已消失在这个世界

那是差不多2002年的时候，我在初中。刚开始读安妮宝贝。

在《八月未央》里，某位女配角自杀前在听的歌，里面就有这一句歌词“他的样子已改变，有新伴侣的气味”。在那个还未识得爱情滋味的年纪，我仅能凭借一颗略微早熟的心，暗暗揣测那该是怎样的一个重逢场景，需要多少波涛汹涌的内心暗战才可反衬脸上的安然若素淡定自持。

后来很快我便失恋。然后开始听这首歌。

后来我读雪漫写的爱情故事，很多篇都出现在这一次的爱情电影系列。

后来我写了很多散文和书评，曾经以为自己对这个世界有说不完的心事。

后来我用“许诺儿”这个名字在网上发表作品，遇到很多新的朋友。

后来我听很多哀伤情歌，好像每一首都是在说自己，又好像每一首都差那么一点。

后来我努力忘记那个人，努力到好像得了恐男症，好像永远都无法痊愈。

后来我去城市里读高中，偶尔会忽然看到他，最终都被证实那不过是我的错觉罢了。

后来我尝试解救自己，尝试喜欢新的人，尝试放过他放过自己放过回忆。

后来我到美国读大学。生活里总有人来来去去，耳机里总有好歌听了又换。

我爱过别的歌，也为别的歌流过眼泪。

却只有这首歌，陪我在恋人消失后的一天天，一年年。

却只有这首歌，它属于我，属于我痴缠至近乎愚蠢、深情至近乎停滞的初恋。

每一回听，每一次哼唱，都让我想起曾经的那些日日夜夜，我是如何为这戛然而止的故事流尽眼泪；每一个音，每一句歌词，都在提醒我在他离开后的漫长青春里自己究竟耗费了多少时间和精力，是多么努力才得以让自己从梦魇中挣扎着醒来，曾强忍着多么大的悲伤和痛楚一次次对那个初次爱上的人抱有希望又再狠狠失望。

曾经那个相信爱情的我随时间沉睡在这首歌里，与后来的我分裂成两个人，不愿意再相见。也只有在听这首歌的时候我才能得以与那一部分的自己相遇，再问一声“你好吗”。

这首歌一直是我的 K 歌必点开嗓必备。每每唱到那一句“那一瞬间你终于发现，那曾深爱过的人，早在告别的那天，已消失在这个世界”，心里挥之不去的那个身影必然浮现，昏暗房间里我的双眼总是要晕起水汽，心口颤抖着似乎承受不住再多一点的空调冷气。到最后，我已分不清带来失恋伤痛的到底是他还是这首歌。哪怕到最后，想起他时涌起的心酸已是那样淡，但在歌里，那短短的三分五十一秒，却仍然狠狠钳住回忆的呼吸，重重地戳中我最不堪一击的旧伤口。

那个离开我的人，再没有过新女友。我年年唱着那烂熟于心的歌词，却仍是执迷不悟。我千万次设想过的偶然遇到的场景十年来没有一次发生过。情歌里说你曾深爱的人在告别的那天就已消失不见，但我不管不顾，只知自己为他许下至死不渝的誓言。

我是真的曾经以为自己会深刻而痛楚地记得他啊，哪怕后来我们再也不说话再也不见面。

我是这样不愿忘记那个记忆中挺拔的少年，却又急于让自己摆脱执念，怕有一日万劫不复。

我矛盾地一边坚守回忆，一边猛烈攻击。直到，我和他都失去力气，不再反抗不再回应。

直到2011年的夏天我回国，再次在昏暗的小包间里唱这首歌。冰冷的空气里，我听到自己干涩的声音，再也没有曾经那令人几欲落泪的伤感。

我这才发现自己不再爱那个人了。他终于成为可以随意提起可以置之不理的一个名字。

失去了那些因他而生的痛彻心扉，爱受伤后痊愈的我亦再也唱不好这首歌。

热恋的时候，我们爱唱情歌。

苦恋的时候，我们想唱情歌。

失恋的时候，我们要唱情歌。

每个人，都会有一首属于自己的情歌。

那首歌教人如何去爱，如何去告别，如何轻描淡写。

情歌里没有说的是，不论再如何深爱，时间必会平复一切。

那一个我爱过的人，早已消失，不论我寄予多少纪念与不舍。

而那个爱他的我，也终有一天，会在这世上失去踪迹。

自此，情缘散尽，两不相欠。

——若琳

[3]

听阿妹很多年，某一日，翻来覆去听了许多首，像是非要跟耳朵作对，关掉听得烂熟的旋律，打开那些一次也没有听过的曲目，想试着听一听，从此恋上《一个人对话》。

你啊

一分手就懂很多道理

一谈恋爱就吃亏

我在他面前才会崩溃

以后我就做回我自己

我不反对 让我们共同进退

我是你永远的绝配

直到白头偕老依然在约会

对镜自照不用口是心非

再没有谁比你懂怎么去安慰

再寂寞也有自己品尝自己的滋味

对不对

人海茫茫，离合悲欢，有几人从出生到死去能够完好无损，仿佛一件从未拆封的玩具？又有几个人，不会因为街头一首恰到好处戳到伤口的歌而流下眼泪？

没有人。

还记得第一次听到这首歌是在深夜，众人皆睡我独醒。往事翻滚，回忆拉扯，漫无目的地挂在网上，心中苦闷，却找不到可以说话的人，神经最脆弱的时分，耳塞里只一句“你累成这样还不愿睡 / 还奢望讨好谁”就已经让我泪流满面。很长一段时间，只要一听到这首歌，我就无法控制我的眼泪。不晓得心中到底累积了多少苦痛，才让一次难得的宣泄如此激烈。

“没有深夜恸哭过的人，不足以谈人生。”某一档节目里听来的这句话，至今记忆犹新。爬满伤口的青春年少，总是容易被任何一首歌戳到痛处，不分时间地点痛哭一场，好叫眼泪把往事和狼狈都冲刷得干干净净，换一点痛快和安宁。总有一首歌之于你，是旁人不必懂，也不会懂的独家记忆。就像《一个人对话》之于我。

大学四年，熬夜成性，最初是忙于每日一更，一更就几千字的连载，后来没有什么正当的可以熬夜的理由，反倒熬得变本加厉。每天早上旁人起床之时，我往往刚刚睡下，睡到他们要入眠时，我又翻身起床，昼夜颠倒，“不知所谓”。舍友都笑我不是地球人，我也早不把自己当个正常人对待。如果世界上有一种药丸，吃下一粒，便可以永远不吃不睡，那时候的我一定毫不犹豫咽下——我害怕醒着，醒着便会痛苦，而睡着就好像死去了一般，可以毫不费力地逃开纷纷扰扰，躲过残酷现实。

那年大三，MP3里永远单曲循环着这一首歌。我永远塞着耳塞，永远以最快的速度穿过校园。我穿夸张的衣裳，戴着头巾和蛤蟆镜，在那所闭塞的高校惹来不绝的白眼和议论。无人知晓我只是想用张扬盖住那份要命的孤独和痛楚。学校里有个小山坡，可以将两个操场尽收眼底，一废一新。废弃的那一个，一到夏天就会长满半人高的丛蒿，连成广袤的一片，我难过的时候常常躲在里面，像沉入海底，不让人找到。朋友各自忙碌，或者渐渐疏远。男友二度劈腿，牵起我同宿舍女生的手，日日在我眼前招摇。所有人都在祝福，没有人记得我，我只能配合演出强颜欢笑。童年波折，青春阵痛，沉重的记忆终于爆发，袭得我措手不及。不敢抬头看天，不愿与人说话，一见到阳光就会失声痛哭。而我知道，煎熬是我唯一的出路，在悲伤终结之前，在离开之前，我能做的，只有分出一半坚强的自己，来安慰另一半崩溃的自己。

我做到了。远远地放逐自己，在疗愈自己寻回自己的途中遇到一首对的歌，将心上结的厚厚的蛛网利落地掸去。倘若能在歌声里，把所有看过的风景都存进眼里，盖住那些不愿意想起的人和事，大抵也是最温柔的祭奠和告别。

我曾经是一个流浪者，随处可去，却无处可去。而现在，我在新的城市找到工作，朝九晚五，在忙碌与充实的生活里，焕然一新。我从未如此热爱生活，我从未如此感觉到安稳。没有人知道这份工作对我而言意味着什么，我拼命争取，只是因为我再也不想回到那暗无天日的黑暗里去。我感谢我离开了你，也离开了那个自己。但愿有一日，老到白发苍苍的我还能记得，我最好也最坏的青春记忆都葬在那城和那时光里，连同我爱过的那个男生，和那个曾经重度抑郁的自己。

你要多努力，才配得上这命运。你要相信，总有一首情歌是唱给你听的。

就像在聚光灯背后默默爱着心上人的小秒针，就像一直被老乔爱着的悄悄，就像痛过之后终于懂得爱的代价的紫怡，就像那些伤着却还继续勇敢爱着的人们，还有每一个你我。

在爱与成长的旅途里，感谢那些伤害，成全了更好的我们。

感谢那些眷顾，让我们还相信奇迹。

感谢这些故事，让我们还相信，爱情。

——苏无印

饶雪漫

作家、编剧

十四岁开始写作，著有六十余部作品，有“文字女巫”之称，是当之无愧的青春文学领军人物，作品多次登上全国畅销书榜。

文学作品代表作：

《左耳》《沙漏》《离歌》《雀斑》《那些女生该懂的事》等

扫一扫，

分享你的读书心得，看看同爱这本书的人都在聊什么。

关注“果麦麦的好书博物馆”，每天推送一本好书，

90 秒体验阅读快感，看编辑大大各显神通，

为你定制专属书单。

唱情歌

产品经理 | 陈艺端

技术编辑 | 顾逸飞

监　　制 | 袁舒舒

书籍设计 | 王　雪

责任印制 | 刘　淼

策 划 人 | 吴　畏

图书在版编目（CIP）数据

唱情歌 / 饶雪漫著. -- 济南 : 山东文艺出版社，2019.7

ISBN 978-7-5329-5868-9

Ⅰ. ①唱… Ⅱ. ①饶… Ⅲ. ①中篇小说－小说集－中国－当代②短篇小说－小说集－中国－当代 Ⅳ. ①I247.7

中国版本图书馆 CIP 数据核字（2019）第 106481 号

唱情歌

饶雪漫 作品

主管单位 山东出版传媒股份有限公司
出版发行 山东文艺出版社
社　　址 山东省济南市英雄山路 189 号
邮　　编 250002
网　　址 www.sdwypress.com

读者服务 0531-82098776（总编室）
0531-82098775（市场营销部）
电子邮箱 sdwy@sdpress.com.cn

印　　刷 上海锦佳印刷有限公司
开　　本 880mm×1230mm　1/32
印　　张 6.75
印　　数 1～9,000
字　　数 133 千
版　　次 2019 年 7 月第 1 版
印　　次 2019 年 7 月第 1 次印刷
书　　号 ISBN 978-7-5329-5868-9
定　　价 39.80 元